The Phantom of the Temple

1966

兰坊县令狄仁杰

高罗佩
大唐狄公案全译（插图本）
黄禄善—主编

紫云寺谜案

The Phantom of
the Temple

〔荷〕高罗佩　著

颜朝霞　　译

山西出版传媒集团
北岳文艺出版社
BEIYUE LITERATURE & ART PUBLISHING HOUSE

·太原·

图书在版编目（CIP）数据

紫云寺谜案 /（荷）高罗佩著；颜朝霞译. — 太原：
北岳文艺出版社，2021.1
（高罗佩·大唐狄公案全译：插图本 / 黄禄善主编）
ISBN 978-7-5378-6320-9

Ⅰ.①紫… Ⅱ.①高…②颜… Ⅲ.①侦探小说—荷
兰—现代 Ⅳ.①I563.45

中国版本图书馆 CIP 数据核字（2020）第 224248 号

紫云寺谜案

〔荷〕高罗佩 / 著

颜朝霞 / 译

//

策　划
续小强

项目统筹
贾晋仁　庞咏平

责任编辑
马　峻

装帧设计

萨福书衣坊
SAFU BOOKSTORE
bookd@163.net

印装监制
郭　勇

出版发行：山西出版传媒集团·北岳文艺出版社
地址：山西省太原市并州南路 57 号
邮编：030012
电话：0351-5628696（发行部）　0351-5628688（总编室）
传真：0351-5628680
经销商：新华书店
印刷装订：山西人民印刷有限责任公司

开本：787×1092　1/32
字数：153 千字　印张：7.5
版次：2021 年 1 月第 1 版
印次：2021 年 3 月山西第 1 次印刷
书号：ISBN 978-7-5378-6320-9
定价：38.00 元

导　言

一

　　20 世纪与 21 世纪之交，西方通俗文学界一个令人瞩目的现象是历史侦探小说（historical detective fiction）的崛起。当时西方的许多主流媒体，如《纽约时报》《华尔街日报》《泰晤士报》《卫报》等等，连篇累牍地报道历史侦探小说获奖的信息，有关小说的介绍、评论汗牛充栋。这些获奖小说的背景多半设置在一个年代久远的古代，中心情节是破解一个与谋杀有关的案件，作者大都为历史学、考古学等专业的学者，爱好文学创作。譬如保罗·多尔蒂（Paul Doherty, 1946—　），当代英国著名历史学家，20 世纪 80 年代末开始历史侦探小说创作，迄今已出版了八十多部以古希腊、古罗马、古埃及和中世纪英格兰为背景的侦探小说，其中《叛逆的幽灵》（*The Treason of the Ghosts*）被《泰晤士报》列为 2000 年最佳犯罪小说。又如琳达·罗宾逊（Lynda Robinson, 1951—　），毕业于得克萨斯大学考古专业，擅长中东史和美国史研究。她在丈夫的鼓励下进行历史侦探小说创作，处女作《死神谋杀案》（*Murder in the Place of Anubis*, 1994）一问世即荣登"纽约时报畅销书排行榜"，之后创作的十多本小说也一版再版，畅销不衰。再如加里·科比（Gary Corby,

1963— ），澳大利亚历史侦探小说创作新秀，尽管作品数量不算太多，但已是2008年"柯南·道尔奖"得主，2010年问世的《伯里克利政体》（*The Pericles Commission*）更获"内德·凯利奖"（Ned Kelly Award）。凡此种种，正如《出版人周刊》2010年一篇评论所指出的："过去的十年，历史侦探小说的数量和质量急速发展，以前从未有过如此多的天才作家出版如此多的历史侦探小说，作品涵盖的历史年代和案发地点也从未如此宽泛。"[1]

　　不过，西方历史侦探小说并非从世纪之交开始。早在1911年，在美国作家梅尔维尔·波斯特（Melville Post, 1869—1930）的短篇小说《上帝的天使》（*The Angel of the Lord*）中，就出现过一个古时的业余侦探"阿布勒大叔"（Uncle Abner）。他生活在古老的弗吉尼亚边疆，是个牧场工人，一个和蔼、睿智的中年人。他凭借《圣经》的道德标准和美国的法律精神破案。之后，《上帝的天使》很快被扩充为拥有二十六个故事的侦探小说集《阿布勒大叔：破案高手》（*Uncle Abner, Master Mysteries*, 1918）。到了1943年，美国作家利莲·托雷（Lillian de la Torre, 1902—1993）发表了以历史人物塞缪尔·约翰逊（Samuel Johnson）为主角的短篇小说《英格兰国玺》（*The Great Seal of England*）。之后，她同样将短篇小说扩充为侦探小说集《萨姆博士：约翰逊侦探》（*Dr. Samuel Johnson, Detector*, 1948）。在这之后，西方历史侦探小说进入高速发展的阶段。英国作家阿加莎·克里斯蒂（Agatha Christie, 1890—1976）出版了以古埃及为背景的长篇历史侦探小说《死亡终局》（*Death Comes as the End*, 1944）。美国作家约翰·卡尔（John Carr, 1906—1977）出版了反映拿破仑战争题材的长篇历史侦探小说《狱中新娘》（*The Bride of Newgate*, 1950）。荷兰外交家、汉学家高罗佩（Robert van Gulik, 1910—1967）推

　　① Lenny Picker. *Mysteries of History*, Publishers Weekly, March 3, 2010

出了基于中国公案小说传统的系列历史侦探小说"狄公案"(Judge Dee series)。这些单本的、系列的历史侦探小说的问世，为当代西方历史侦探小说的全面崛起做了有益的铺垫，尤其是"狄公案小说"，采用长、中、短三种小说形式，数量多达十六卷，在东、西方均产生了持久的轰动效应，被认为是早期西方历史侦探小说的成功"范例"。①

"狄公案"历史侦探小说的创作发端于1949年高罗佩的译著《狄公断案精粹》(*Celebrated Cases of Judge Dee*)。故事的主角狄公(Judge Dee)在中国历史上实有其人。他名叫狄仁杰，生活在唐朝(618—907)。他一生为官，两次出任宰相，是所谓的青天大老爷。有关他廉洁自律、为民请命、秉公办案的故事很早就在民间流传。到了清朝末年，一位无名氏将这些民间故事整理成长篇公案小说《武则天四大谜案》(亦名《狄公案》或《狄梁公四大谜案》)。高罗佩在中国任外交官期间，对该书产生了浓厚的兴趣。在进行了详细考据之后，他将其中基本符合西方侦探小说传统的前三十回翻译成英文出版。之后，他开始尝试创作以狄公为主角的历史侦探小说《迷宫谜案》(*The Chinese Maze Murders*, 1952)。小说出版后，极为畅销。从此，高罗佩一发不可收拾，先后接受芝加哥大学出版社及其他图书出版公司的稿约，先后创作了十五卷狄公案历史侦探小说。它们是：《铜钟谜案》(*The Chinese Bell Murders*, 1958)、《黄金谜案》(*The Chinese Gold Murders*, 1959)、《湖滨谜案》(*The Chinese Lake Murders*, 1960)、《铁针谜案》(*The Chinese Nail Murders*, 1961)、《红阁子谜案》(*The Red Pavilion*, 1964)、《朝云观谜案》(*The Haunted Monastery*, 1961)、《御珠谜案》(*The Emperor's Pearl*, 1963)、《漆画屏风谜案》(*The Lacquer Screen*, 1962)、《晨猿·暮虎》(*The Monkey and the Tiger*, 1965)、《柳园图

---

① Carl Rollyson. *Critical Survey of Mystery and Detective Fiction*, Revised Edition. Salem Press, INC, printed in USA, 2008, p.1783.

谜案》（*The Willow Pattern*, 1965）、《广州谜案》（*Murder in Canton*, 1966）、《紫云寺谜案》（*The Phantom of the Temple*, 1966）、《太子棺谜案》（*Judge Dee at Work*, 1967）、《项链·葫芦》（*Necklace and Calabash*, 1967）、《黑狐谜案》（*Poets and Murder*, 1968）。这些"谜案"极受读者喜爱，不断再版、重印，直至2014年，还有麦克法兰图书出版公司（McFarland）的新版本出现。

"狄公案小说"的影响又渐渐从美国、英国、加拿大、澳大利亚、新西兰延伸到法国、德国、西班牙、荷兰、瑞典、芬兰、日本和中国。1982年，甘肃人民出版社率先在中国推出了陈来元、胡明翻译的《四漆屏》（*The Lacquer Screen*）。紧接着，中原农民出版社、北方妇女儿童出版社、北岳文艺出版社、中国电影出版社、海南出版社、贵州大学出版社等也各自推出了这样那样的"狄公案"全译本和节译本。与此同时，各种各样的续集、改写本也不断出现。

二

作为早期西方历史侦探小说创作的一个成功范例，"狄公案小说"展示了这一小说类型的诸多特征。首先，作为侦探小说，"狄公案小说"遵循侦探小说之父爱伦·坡（Allan Poe, 1809—1849）的"破案解谜六步曲"，亦即介绍侦探、展示犯罪线索、调查案情、公布调查结果、解释案情发生的原因和经过、罪犯的服输和认罪。其次，作为历史小说，它涵盖了历史小说之父沃尔特·司各特（Walter Scott, 1771—1832）所创立的大部分市场要素，如异国情调、哥特式气氛、英雄主义、骑士精神等等。而且，作者高罗佩本人，也像上面提到的许多当代历史侦探小说的作者一样，是个精通历史、熟悉考古且深谙中国文化艺术的专业人士，所研究的对象是当时并不被看好且有点冷僻的东方文化。

　　高罗佩，1910年8月9日生于荷兰聚特芬（Zutphen）。父亲是名医生，曾先后两次在荷属东印度（Netherland East Indies，今印度尼西亚）服役。高罗佩随父母侨居在殖民地，在当地学习汉语、爪哇语和马来语，由此对亚洲文化，尤其是中国文化产生了浓厚的兴趣。1923年，父亲退役，高罗佩随父母回到荷兰，定居在奈梅亨（Nijmegen）。1929年，高罗佩从奈梅亨市立中学毕业，入读莱顿大学，主修东方殖民法律、荷属东印度学以及中日语言文学。之后，他又到乌特勒支大学深造，学习现当代中国史以及藏文和梵文，并以论文《马头明王诸说源流考》（Hayagriva，the Mantrayanic Aspect of Horse·cult in China and Japan）获得东方语言学博士学位。高罗佩的语言天赋和专业能力很快得到了认可。1935年，他被荷兰外交部录用为助理翻译，并被派驻东京任荷兰驻日公使馆二等秘书。1941年太平洋战争爆发，高罗佩与其他同盟国的外交人员一起被遣离日本。1943年3月，他从印度加尔各答来到中国重庆，出任荷兰政府驻重庆大使馆一等秘书。其间，他结识了同在大使馆秘书处工作的中国名媛水世芳。两人结为伉俪，先后育有三子一女。战争结束后，高罗佩离开中国回到海牙，出任荷兰外交部政务司远东处处长，一年后又去了美国，任荷兰驻美使馆顾问。1948年，他被任命为荷兰驻日本东京军事代表处顾问。1951年，他离开东京前往新德里，任荷兰驻印度大使馆文化参赞。1953年，他再次被召回荷兰，任外交部中东暨非洲事务司司长。1956年至1959年，高罗佩担任荷兰驻黎巴嫩全权代表。1959年至1962年又担任荷兰驻马来西亚大使。1965年，他作为驻日大使第三次被派驻东京。任上，他被诊断出患了肺癌，不得不返国治病。1967年9月24日，他在海牙辞世，享年五十七岁。

　　因为外交官职业的关系，高罗佩辗转海牙、东京、重庆、南京、华盛顿、新德里、贝鲁特、吉隆坡等地，工作异常繁忙。尽管如此，他不忘初衷，挤出时间从事自己所喜爱的东方语言文化研究。他的研究兴趣很广，琴棋书画、小说戏曲无所不包，而且成果颇丰，几乎每隔一至两年就出版一本书。1941年由日本上智大学出版的《琴道》（*The Lore of the Chinese Lute*）是西方第一本系统介绍中国古琴的专著。在书中，高罗佩基于大量中国古代文献，对中国古琴的起源和特征、琴人的心境和原则、琴曲的意义和内涵、演奏的象征和意象，做了详尽的论述。而1944年在重庆出版的《明末义僧东皋禅师集刊》（*Collected Writings of the Ch'an Master Tung-kao，a Loyal Monk of the End of the Ming Period*），则是一部填补中国佛学史空白的开山之作。该书成书时间长达七年，期间高罗佩遍访中日名刹古寺、博物馆院，共觅得东皋禅师遗著和遗物三百余件。1958年，他耗时十余年完成的《书画鉴赏汇编》（*Chinese Pictorial Art as Viewed by the Connoisseur*）在罗马远东研究社出版。全书内容分两部分，前一部分泛论中日屋宇的式样、书画的悬挂方法以及装裱技术的衍变，后一部分讲述毛笔的构造、墨的制作、纸绢的特质、书画真赝的鉴别，堪称一部东方艺术鉴赏大全。

不过，高罗佩的最大学术成当属中国古代性文化研究。1949年，因日文版《迷宫谜案》的一幅裸体封面图，高罗佩开始对中国古代性文化进行研究。他广集史料，探幽索隐，费尽周折收集历朝历代春宫画册，又参阅了一系列的明末情色禁书，终于辑成了中国古代性文化的拓荒之作《秘戏图考》（*Erotic Colour Prints of the Ming Period*,1951）。在这之后，高罗佩继续中国古代性文化研究，且时有新的发现。适逢荷兰图书出版商建议撰写一部面向更多西方读者的中国古代性文化著作，于是他便有了洋洋数十万言的《中国古代房内考》（*Sexual Life in Ancient China*, 1961）的问世。相比《秘戏图考》，该书的社会文化史研究气息更浓，且内容上有增补，还更新了许多旧的译文，添加了许多新的引文；观点上有修正，尤其是强调爱情的高尚意义，反对过分突出纯肉欲之爱。直至今日，该书仍是东西方性学家了解中国古代性文化的重要参考文献。

三

正是对于中国历史文化的研究，让高罗佩发现了《武则天四大谜案》等中国公案小说的价值，并选择性地翻译、出版了《狄公断案精粹》。在"译者前言"中，高罗佩指出，多年来西方读者所理解的中国侦探小说，无论是厄尔·比格斯（Earl Biggers, 1884—1933）的"查理·张系列小说"（Charlie Chang series），还是萨克斯·罗默（Sax Rohmer, 1883—1959）的"傅满洲系列小说"（Fu Manchu series），其实都是"误判"。真正的中国侦探小说是如《武则天四大谜案》这样的中国公案小说。而公案小说早在1600年就已经存在，时间要比爱伦·坡"发明"侦探小说的年代，或者柯南·道尔（Conan Doyle, 1859—1930）"打造"福尔摩斯的年代，早出几个世纪。公案小说多有特色，主题之丰富、情节之复杂、结构之缜密，即便是按照西方的标准，也毫不逊色。然而，由于一些文化传统的原因，迄今这类小说不为广大西方读者所知。他呼吁西方侦探小说作家应该关注这一被遗忘的角落，积极改写或创作以中国古代探案为主要内容的侦探小说。①鉴于和者甚寡，1950年，他尝试创作了以狄公为主角的《迷宫谜案》。

深厚的汉学修养以及对中国历史文化的痴迷，让高罗佩在创作这十

---

① *Celebrated Cases of Judge Dee: An Authentic Eighteenth Century Chinese DetectiveNovel*, Translated and with an Introduction and with notes by Robert van Gulik, Dover Publications, Inc, New York, 1976, pp. i–v.

六卷狄公案时有意无意地融入了较多的中国古代文化元素。"漆画屏风""柳园图""朝云观""紫云寺""红阁子",这些关键词本身就是一幅幅色彩斑斓的风俗画,给西方读者以丰富的中国文化意象;而小说中的许多故事场景,如"迷宫""花亭""半月街""桂园""乐苑""黑狐祠""白娘娘庙""罗县令府邸",更无疑是生动的中国建筑大览。此外,还有许多与案情有关的关键物件,如竖琴、棋谱、毛笔、画轴、香炉、算盘、绢帕,也不啻一件件极其珍稀的古文物展示,勾起了西方读者对中国传统文化的无限向往。

当然,最值得一提的是,"狄公案"蕴含的道家思想。在《迷宫谜案》故事刚一开始,高罗佩就描绘了一个仙风道骨的太原府狄公后裔。他头戴黑纱高帽,身穿宽袖长袍,胸前白髯飘拂,举止谈吐不凡。正是他,讲述了狄公当年在兰坊县任上所破解的三桩命案。之后,故事套故事,小说中又出现了一个鹤发童颜、双唇丹红、目光敏锐的道家隐士,他于狄公断案百思不得其解之际指点迷津。由此,狄公锁定了倪氏财产争夺案的元凶。

显然,高罗佩在暗示读者,狄公之所以能屡破谜案,是因为有"高人"相助,而这"高人"并非别的,乃是他所信奉的"清静无为""顺应天道""逍遥齐物"的老庄哲学。事实上,现实生活中的高罗佩也是一个老庄哲学推崇者。在《琴道·后序》,高罗佩曾经谈到自己的抚琴体会,认为其秘诀在于遵循老子说的"去彼取此,蝉蜕尘埃之中,优游忽荒之表,亦取其适而已"[①]。之后,他进一步明确指出:"我认为道家思想对琴道衍变有决定性的优势,或者说,虽然琴道的产生及基本观念源于儒家,但内涵却是典型的道家。"此外,在《中国古代房内考》中

---

① Robert van Gulik. *The Lore of the Chinese Lute: An Essay in the Ideology of the Ch'in.* Sophia University, Tokyo, 1941, pp. xiii.

高罗佩也有类似的说法："道家从自己与自然的原始力量和谐共处的信念中得出合理结论，并固定下来，称之为道。他们认为人类的大部分活动，都是人为的，只起到疏远人和自然的作用，由此产生非自然的、人工的人类社会以及家庭、国家、各种礼仪、专横的善恶区分。他们提倡回复到原始质朴，回复到一个长寿、幸福、没有善恶的黄金时代。"①

四

然而，高罗佩并非不分良莠、一味地融入中国古代文化元素。高罗佩曾总结了《武则天四大谜案》等中国古代公案小说的五大"弊病"。首先，小说伊始即介绍罪犯，细述犯罪的经过和动机，从而丧失了故事基本悬念。其次，崇尚神鬼等超自然力量，断案判官能潜入冥王地府与受害者对话，动物、炊具也能上法庭做证。再有，故事冗长，情节拖沓，动辄数十章，甚至数百章。再有，出场人物过多，难以分清主次、理清线索。最后，惩罚罪犯过分，残忍地诉诸暴力。②

高罗佩"狄公案小说"的整个谋篇布局，沿用西方古典式侦探小说的创作模式，并突出运用了许多行之有效的创作技巧；譬如采用阿加莎·克里斯蒂式的"高度悬疑"，几乎每卷都有这样的设置，典型的如《紫云寺谜案》；又或如柯南·道尔式的"科学探案"，这一技巧的运用集中体现在小说主要人物形象的提升和重塑上。在高罗佩的笔下，狄公已经不单是那个为政清廉、刚正不阿、体恤民生、只凭聪明才智断案的

① Robert van Gulik. *Sexual Life in Ancient China: A Preliminary Survey of ChineseSex and Society from Ca. 1500 B. C. till 1644 A. D.*Leiden, E. J. Brill, 1974, pp. 42-43.

② *Celebrated Cases of Judge Dee: An Authentic Eighteenth-Century Chinese DetectiveNovel*, Translated and with an Introduction and with notes by Robert van Gulik,Dover Publications, Inc, New York, 1976, pp. ii-iv.

青天大老爷，而是博学、勤政、亲民的"公务员"，是依靠仔细调查和缜密推理破案的"科学"神探。他手下的几个随从，马荣、乔泰、陶干和洪亮，也一改"四肢发达、头脑简单"的性格描写窠臼，变成有血有肉、智勇兼备的破案搭档。作为一县之长，狄公不但熟悉辖区具体政务，还擅长同各种各样的人打交道，了解他们的喜怒哀乐和实际需求。他深谙犯罪心理学，勤于现场勘查，善于从蛛丝马迹中寻找破案线索，并层层剥茧抽丝，缜密推理。在《漆画屏风谜案》第五章，高罗佩以十分细腻的笔触，描述了狄公如何在沼泽地查看一具女尸的情景：

　　狄公重新掀开裹盖女尸的袍服。除了那袍服外，女尸一丝不挂，一把短剑从左侧乳房直插胸部，露出剑柄。剑柄周围有一摊干涸的血。他细看那剑柄，发现质地为白银，上面镂刻了美丽的花纹，不过年代已久，呈现出黑色。他断定，这把短剑是一件稀世古董，只因那个乞丐不识货，在盗窃耳环和手镯的时候，没有将它拔出带走。他揿了揿那乳房，表面似而轴湿，接着又抬起她的一只胳膊，觉得还有弹性。看来，这个女人被害的时间不过几个时辰。他想着，这安详的神态、简便的发型、裸露的胴体、赤裸的双脚，都说明她是在床上熟睡时被害的。①

这段描写，与柯南·道尔在《巴斯克维尔的猎犬》中描述福尔摩斯现场勘查爵士死因简直有异曲同工之妙。不过，高罗佩没有无限拔高狄公，而是描写他有时也会被假象所蒙蔽，也会因怀疑自己判断有误而心虚。此外，他还有七情六欲，不但娶有三房夫人，还看见美丽、善良的女人

① Robert van Gulik. *The Lacquer Screen: a Chinese Detective Story*. The University of Chicago Press, Chicago, 1992, p. 52.

就动心。《铁针谜案》中暗恋郭夫人便是一例。

再如约翰·卡尔的"密室谋杀"。所谓密室谋杀，是指罪犯在一个完全封闭、看似无法出入的空间环境内所实施的谋杀，往往产生一种独特的惊悚、神秘的效果。高罗佩似乎谙于这一技巧，在大部分"谜案"中都有展示。《红阁子谜案》中的举人李琏和花魁娘子秋月先后"自杀"，显然是一种密室谋杀，因为两人均死在卧室，房门紧锁；而《朝云观谜案》中的前任住持玉镜"讲道时突然仙逝"，也是与密室谋杀不无联系，因为众目睽睽之下，凶手没有任何作案机会。

立足西方古典式侦探小说创作模式，选择性融入中国古代文化元素，一切以故事情节生动为准则，高罗佩的十六卷"狄公案小说"就是这样成为早期西方历史侦探小说的成功范例，同时也赢得世界千千万万读者的青睐。

黄禄善

2017年10月26日

2020年12月1日修订

黄禄善，上海大学外国语学院教授，上海作家协会会员、上海翻译家协会理事，英国皇家特许语言家学会中国分会副会长。译有《美国的悲剧》等十部英美长篇小说，主编过八套大中小外国文学丛书，其中由长江文艺出版社、花城出版社出版的"世界文学名著典藏"（精装豪华本）近二百卷。

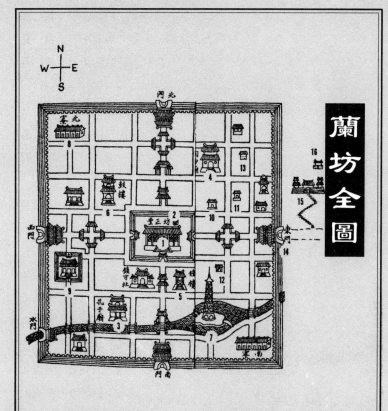

蘭坊全圖

1. 县衙（兰坊正堂）
2. 狄公私邸
3. 孔庙
4. 关帝庙
5. 钟楼
6. 鼓楼
7. 兰坊塔
8. 北寮
9. 都护府
10. 吴府
11. 李劢宅
12. 李勋居所
13. "大和尚"居所（地窖）
14. 东门
15. 紫云寺
16. 云隐寺

兰坊县令　狄仁杰

狄仁杰的亲随，人称"洪参军"　洪　亮

狄仁杰的亲随侍卫　马　荣

无业流民　沈　三

沈三的弟弟　老　五

沈三的哥们儿　阿　刘

丐帮头头　大和尚

云隐寺师太　常夫人

掌门师太的侍女　春　云

突厥神婆　塔　拉

金银行的掌柜　李　劢

画师（李劢的弟弟）　李　劼

致仕的刺史　吴崇仁

吴崇仁之妻　吴夫人

落第的秀才　杨牟德

主要人物

紫云寺谜案

一

女人默默地注视着古井边沿上的东西。寺庙花园里漆黑一片，天气闷热潮湿，沉甸甸的空气里没有一丝风。几朵杏花从伸展在半空的树枝上飘落，在灯光的映衬下，显得异常的白。风雨剥蚀过的石头上溅有血迹，杏花落下来，显得愈发的白。

女人裹紧身上的宽大白袍，对站在身旁的高个男子说道：

"把这东西也扔井里去！如此才能万无一失！这古井已经多年不用，我看没有人会想到这里还有口井！"

男子焦急地扫了她一眼，见她脸色苍白，面无表情，便将灯笼放在古井旁的碎砖石上。他不耐烦地扯下围领。

"绝对不会出差错的，你瞧，我用围领包住这玩意儿，再

· 1 ·

……"意识到自己的声音在荒芜的园子里过于响亮，他压低嗓门，又道，"……把它埋到寺庙后山的树林里。那醉酒的蠢汉睡得跟死猪一样。再说，深更半夜的，也没有人到那儿去。"

她漠然地看他将割下的人头包进围领里。他手指抖得厉害，试了几次也没能将围领的扣结打好。

"我做不到！"他不安地低声咕哝道，"我……我的手不听使唤。你是怎么……怎么做到的？而且是两次，还那么干净利落……"

她耸了耸肩。

"你必须得知道关节间距。"她若无其事地答道。说完，她俯身望向井内，但见井内横木朽坏，藤蔓缠绕，又密又长的藤蔓垂在黑黢黢的深井里，攀缘在曾经挂着水罐、现在已经腐烂的井绳上。古树参天，浓荫遮蔽，不知是什么东西在动，又一阵零落的白色花雨随之落下。几朵杏花落在她的手上，冰凉如雪。她缩回手，将花朵甩落，不紧不慢地说：

"去年冬天，园子里到处都是雪，白茫茫的一片。白茫茫的……"

她的声音越来越低。

"是呀，"他兴奋地应道，"山下的兰坊城也漂亮得很。莲湖里的兰坊塔檐上挂满了冰凌，多得数也数不清，就和一个个小铃铛似的。"他抹了一把又热又潮的脸，又加了一句，"就是吸口气也是凉飕飕的，我记得早上……"

"别'记得'了，"她冷冷地打断道，"忘了以前！只想以后吧。现在没人和我们抢了，所有的东西都归我们了。我们走，离开这儿。"

"现在?"他吃惊地叫道，"等干完……"看到她一脸的轻蔑，他赶紧改口道，"我累得跟条狗似的，我说真的! 就不能歇会儿吗?"

"累? 你不总吹嘘你力大如牛吗?"

"这不是没什么可心急的了嘛，是不? 我们想什么时候去拿都行。再说我俩……"

"我碰巧很心急。不过，东西在那儿又不会自己长腿跑了，多放一晚上又不会怎样?"

他不大高兴地看了看她。可她又陷入自己的思绪中，不搭理他了。他深爱着这个女人，却也深受其伤。

"你为什么不能属于我，属于我一个人?"他哀求道，"你知道，为了你，你让我干什么我就干什么。事实证明，我……"

突然，他打住了话头，因为她根本没有听他说话。树枝上缀满了白色的花朵，她凝望着树枝上方的天空。寺庙大殿两侧，一左一右立着两座三层佛塔。夜空中，塔顶清晰可见。

二

次日一早，兰坊城内依旧炎热沉闷。狄公晨起散步归来，像以往一样回到县衙二堂。进到二堂，他惊讶地发现，身上的棉袍已经被汗水浸湿，粘在宽肩上。他将袖中的小木匣拿出来放到书案上，然后走向墙角的衣箱。他换了一件干净的蓝布夏袍，打开窗户向外看去。他的亲随护卫，身材魁梧的马荣肩扛一头烤全猪，正从中庭的石板路上走来。他嘴里哼着歌，歌声飘荡在空阔的院子里，听上去既缥缈又怪异。

狄公关上窗户，在摆放着公文的书案后坐下。他揉了揉脸，想起今天是个特殊的日子，应该高兴才是。他的目光转向刚放在案角的黑檀小木匣。黑匣匣面光滑，上面嵌着一块圆形碧玉，翠绿的玉片发出淡淡的幽光。早晨散步时，他在古董店的柜面上看到了这个匣子，觉得玉片上的"寿"字的纹样，颇适合今天的场面，遂当即买了下来。他觉得有什么地方不对劲，可又说不出来。他必须打起精神来。在这化外之地，边陲小城，单调的生活让他变得无所事事。他不应该任由自己陷入这样一种失落的情绪中。

打定主意，他挺起腰板，推开面前的一摞文牍，在书案上清理出一块地方。他击掌唤来小吏，让他把早饭送来，饭食能够缓解他胃部的不适。也许，天气炎热也是造成他不舒服的原因。他拿起大大的雕翎扇，靠坐在雕花的檀木扶手椅内，慢慢地摇起了扇子。

门开了，一位身形羸弱的老者一步一挪地走了进来。他身穿蓝色长衫，脑袋上戴着一顶黑色的弁帽。帽子外面露出花白的头发。他先是向狄公道声早安，便将装有早饭的托盘小心翼翼地放在边桌上。看老人将茶壶和盛着咸鱼、时蔬的小菜碟也放到桌上，狄公微笑着说：

"洪亮，你应该让差役端早饭来！怎么能麻烦你亲自动手呢？"

"大人您客气了，我正好路过厨房，顺便而已。我在厨房看到马荣从肉铺里趸摸回来一头烤全猪，那可是我见过的个头最大的烤全猪了！"

"是啊，那是我们今天晚上的主菜。来，茶壶递给我，我自己来！洪亮你先坐吧。"

老者摇了摇头。他利落地为狄公倒了杯热茶，又把一碗香喷喷的米饭放在他面前。做完这些，他才在书案前的一张矮凳上坐下。他打量一下闷闷不乐的狄公。他了解狄公的脾性，从其孩提时起，他就是狄府的家仆。狄公拿起筷子，说道：

"我昨天晚上睡得不太好，洪亮。这可口的早饭能让我再次振作起来。"

"兰坊这地方气候恶劣，"洪亮一板一眼地说道，"冬天湿冷，夏天闷热，冷不丁再从塞外荒漠刮来一阵寒风。您得多保重，大人。这地方太容易染上风寒了。"说着，他用左手小心地捋了捋自己毛糙的长须，呷了口茶。放下茶杯，他接着说道："大人，我昨天晚上看到二堂这里灯火通明，烛火直到后半夜才熄灭。不是出了什么大案件吧？"

狄公摇了摇头。

"呵，洪亮，别多想，没有什么特别的事情。半年前，自从我重申了律法和禁令，兰坊县内就没有发生过什么大事了。命案寥寥无几，一两件盗窃案，那就是全部了！除了这些，衙内的事务不过是些平平常常、按部就班的事，户籍造册、婚书存档、调解纠纷、征收赋税……非常平静，几乎可以说是平静得过了头！"他哈哈大笑道。然而，洪亮注意到他的笑容很勉强。"让你担心了，洪亮，"狄公旋即又道，"我只是感到有点倦怠，仅此而已。我很快就能控制住这种情绪。现在另有更要紧的事，那就是，夫人们的日子过得是否自在，这是我时刻挂在心上的。在这地方，她们的日子过得相当乏味无趣。这里是边疆小城，她们没有什么谈得来的香闺密友，也没有什么消遣，城里没有上得了台面的戏班表演，更没有能让人畅游散心的地方……突厥风俗盛行，即使在汉人的四时八节里，兰坊也不怎么热闹。我很高兴，今晚能为大夫人举办一个小小的生辰宴。"他摇了摇头，默默地吃了会儿饭。接着，他放下筷子，身子靠在椅背上。

"洪亮，你刚才提到了昨天晚上，是这么回事，我翻阅县衙卷宗时，看到一桩发生于本县、至今尚未结案的案子。黄金盗窃案。"

"大人为何对这个案子如此感兴趣？这是去年您来兰坊之前发生的案子！"

"的确是。确切地说，此案案发于蛇年的八月初二。但是洪亮，尚未结案的案件，不管它是新案，还是积年旧案，总是能提起我的兴致。"

洪亮缓缓地点头。

"记得还在浦阳的时候，我曾在朝廷的邸报上看到过这桩盗窃案。此案一出，震惊了朝廷。户部郎中出使突厥王庭，途经兰坊。他的任务是从突厥可汗手里购买最上等的鞑靼马，以便充实太仆寺的马匹储备。他带了五十根分量十足的金条。"

"是的，洪亮。金条被人趁夜盗走，并被调包换成了铅块。后来一直没有找到窃贼，而……"

此时有人敲门，马荣笑得合不拢嘴地走了进来。"大人，我买到一头肉质非常嫩的烤猪！"

"我看你扛着烤猪进了县衙，马荣。今天晚上只有一位客人，是夫人们的闺中好友，但她茹素，不食荤腥。所以今晚肯定能留下很多烤猪肉，足够你们所有人享用。坐下吧。我正在和参军说去年的黄金失窃案。"

高大的护卫在另一张凳子上重重坐下。

"户部郎中应当知道怎样保管朝廷托付给他的黄金。"他不以为然地说道，"他领了俸禄就有这个职责！是啊，我也记得这个案子。那家伙后来不是被罢免了吗？"

"他是被罢免了。"狄公答道，"可是窃贼没有抓到，黄金也没有找回来。案件一直搁置在那里。"说着，他把手放在面前的文牍上，继续说道："马荣，这些都是让人拓展思路的记录，值得仔细研究。当时办案的县令先是讯问了郎中一行人的带队校尉和军士。据他推断，既然官府对这么一大笔黄金的押运严格保密，而且只有郎中本人知道出使的目的，那么窃贼必定是个内鬼。另外还有一个事实也让这一推测更为合理。郎中的行李中有三个皮箱。这三个皮箱的大小、形状和颜色全都一模一样，锁扣上挂着的锁也毫无二致。唯一的区分就是装有黄金的皮箱上有条细细的裂缝。然而，结果是只有这个有裂缝的箱子被打开了。其他两个装着郎中衣物细软等随身物品的箱子却安然无恙，动也没有被动过。因此，县令也怀疑郎中下榻的驿馆馆舍有问题。"

洪参军也表示说："另一方面，窃贼将黄金调包成铅块，很显然是希望郎中在晚些时候发现金条丢了，越晚越好，晚到在蛮夷的地盘上再发现。这一点也可说明一点，窃贼有可能是个外人。因为所有内部人都知道，官府有规定，每晚就寝之前以及每早起床之后，押运黄金的官员都必须确认黄金完好无缺。"

狄公点头称是。

"确实如此，但是我的前任认为，铅块是个狡猾的障眼法，窃贼把铅块放到箱子里，不过是为了让人以为黄金是外人偷的，仅此而已。"

马荣此时站了起来。他走到窗前，扫了一眼空荡荡的中庭，皱着眉头问：

"我想知道那个懒鬼班头干什么去了！他这时候应该带着衙役去例行巡查的！"见狄公面有愠色，洪亮赶紧解释道："大人恕罪！乔泰和陶干去往京城商议削减军防的事务去了，三班衙役的差事是由属下一人打理。"他又坐了下来，急着要听案子的事，问道："窃贼有没有留下什么线索？"

"没有。"狄公不高兴地答道，"你们也知道，郎中入住的驿馆馆舍只有一门一窗，房门由四名坐在馆舍走廊上的军士日夜守卫。那窃贼只能从窗户进入馆舍。他撕开窗纸，把手伸进去，施展巧技打开了窗户的横闩。"

洪参军将厚厚的一摞文牍挪到自己身前，一页页地翻阅。他抬起头，摇了摇脑袋，说道："是的，前任县令采取了种种措施，但郎中住的那间客房从建造伊始就没有什么可怀疑的地方。他把城里所有的窃贼，包括所有收赃销赃的人都给抓了起来。此外，他——"

"他犯了个错，洪亮。"狄公打断他的话，"也就是说，他将调查局限在了兰坊县。"

"难道把调查局限在兰坊县有什么不妥吗？"马荣问，"窃案就是在兰坊县发生的，不是吗？"

狄公挺直脊背，正襟危坐。

"诚然如此。但是预谋盗窃一定是在别的地方，在郎中到达兰坊之前。郎中也曾在和我们隔山相望的邻县同康下榻过。一定有人多多少少知道些内情，他押运着一笔数目不菲的黄金，就保管在有裂痕的皮箱里。这条珍贵的消息比郎中一行人先一步到达兰坊。所以，我得先在同康进行一番彻底的查访。马荣，把我们的主簿叫来！"

洪参军疑惑地摸了摸自己的胡须，说道："大人，这种推理同样也适用于从京城到兰坊的路上，千里迢迢，窃贼的消息可能来自京城到兰坊途中的任何一个地方，而在京城走漏消息的可能性更大一些。也就是说，在郎中出发之前，消息就走漏了。"

"洪亮，话不能这么说。有确切的证据表明，消息是在同康被泄露出去的。这堆文牍里讲，郎中在奏折中提到，抵达同康之前，他们发现装黄金的箱子出现了裂痕。他们觉着是黄金太重的缘故。"

正说着，马荣带着身材瘦削、五旬开外的主簿走了进来。主簿向狄公深施一礼，遂垂手侍立一旁，等着狄公吩咐。

"本县正搜集黄金失窃案的线索。"狄公对主簿说道，"抵达兰坊之前，郎中停留的最后一个地方是同康，本县想让你去一趟同康县。到了同康，你尽可能地寻访那些对郎中一行停留同康有印象的人。本县想知道的是，郎中在同康停歇那晚有没有访客到访，有没有人送他美姬解闷，他有没有收到过信函。简言之，有关郎中的一切本县都想知道。"说着，他从书案上的文牍中挑出一张空白公函，笔走龙蛇间，一封给同康县令的公函便已写好。他在公函上盖上兰坊县衙的大印，封缄后递给主簿。"你即刻动身。尽量赶在后天天黑前回来。不过，趁着马夫准备行囊的工夫，你先看看这些文牍。"

"遵命，大人。"主簿正要躬身退下，马荣向他打听道："你知道班头去哪里了？"

"他缉拿一个流浪汉去了，马爷。昨天晚上，城里一家酒馆里有人滋事，一个流浪汉杀了一个地痞。"

"哦，这样，"狄公言道："不过是寻常的混混们内斗罢了，那就不会有太多的案头工作。好了，启程吧！祝你马到成功！"

主簿正待要走，马荣扬了扬头，酸溜溜地说道："这就是我们的好班头。没有官府的缉捕文书，照样去抓杀人犯！倘若让这家伙这般不管不顾下去，身体迟早会吃不消的！"

"可惜的是，老方不能继续当班头了。"洪参军说，"对了，大人，那边的小匣子是什么东西？属下之前从没在您的书案上看到过。"

"匣子？"狄公从沉思中回过神来，"哦，那个东西！我从孔庙后街拐角的古董店买来的。两刻时前散步的时候看到了这个东西，我想着买下来送给大夫人做生辰贺礼。今晚寿宴上我便送给她。"

他把匣子拿起来，递给了属下。

狄公取出木匣给马荣等看（高罗佩　绘）

"匣子表面刻着个'寿'字，作为生辰贺礼是再合适不过了。这篆体的'寿'字是用玉片雕刻的，"他抬起手朝身后指了指，"和屋里这扇窗户上的'寿'字一模一样。"

他将把匣子递给马荣，马荣煞有介事地仔细端详了一会儿，说道："大小适中，正好可以把名刺放进去。"说罢，他又凑近看了看："可惜的是，匣面上有些个刮痕。不知道哪个笨蛋想在玉片一侧写个'人'字，又在另一侧写个'下'字。大人，把匣子暂时交给属下，一个上午就行。等堂审结束了，属下拿着这匣子到南门一趟，找我认识的一个木雕师傅，让他把这匣子打磨一下。"

"好啊，主意不错。你在看什么？"

马荣正打开匣子细细端详。

"咦，这里夹着张小纸条。"他低声喃喃着说道。

"大概是价签。"狄公说道，"把它扯掉吧，如何？"

马荣用指尖按住纸条。突然，他抬起了头。

"大人，不是价签。属下看到两行笔画颠倒的文字，是用朱笔写的。天啊，掉下来了。现在可以把纸条翻过来，但字也写得太潦草了。属下看不明白写的是什么。"

他把小纸条递给狄公。狄公粗黑的眉毛一挑，遂高声念道：

奴身陷囹圄，又饥又渴，命不久矣，求速来相救。玉儿。己巳年九月十二日。

狄公抬起头，颇有些着恼："为什么要在匣盖上粘这个东西？简直胡闹！"

"也许并不是胡闹，大人！"马荣兴奋地说道，"一个叫玉儿的姑娘！她一定是个良家女子！她被人绑架了，肯定是！"

洪参军不由得一笑。他太了解马荣在儿女情长上的小心思了。他轻声说道："马兄弟，你总是想着要英雄救美，但这纸条不过是从话本或者戏文上撕下来的罢了。"

"胡说！才不是呢！"马荣气气呼呼地叫嚷道，"可怜的玉儿姑娘用自己的鲜血写下求救信，然后把信放到这个匣子里，然后再将匣子从被关押的屋子窗户扔出来。因为字迹未干，匣子落到地上时翻了过来，如此纸条便粘在了匣盖上。虽然事情快过去一年了，但我们没有理由让饿死她的歹徒就这么逍遥法外！"说完，他回身望向狄公，热切道："大人，您怎么看？"

狄公把纸条放在桌子上抚平，一边细看，一边捋着须髯。他抬起头。

"马荣，你的推理相当聪明。不过，参军说得对。如果这真的是一封求救信，那么……"说着，他回身看向门口。

"进来！"

方班头进得二堂，向狄公略施一礼，但见他胡子拉碴，一脸的愉悦。

"启禀大人，在下刚刚抓了个杀人犯。此人名叫阿刘，是个泼皮无赖。昨晚，他与人起了争执，打斗中杀了一个地痞，就在……"

"嗯，主簿已经告诉我了。干得好，班头！本县会在上午堂审时亲自审问。有证人吗？"

"证人很多，大人！客栈老板、两个一起下注玩骰子的客人，还有……"

"很好，让他们等着，待堂审时上堂作证。"

班头领命退下，狄公站起身。他拿起黑檀木匣，若有所思地托在手中掂量了掂量，然后将木匣纳入袖中。"匣子里的奇怪书信，我们还要再查一查。"他对两名属下说道，"离升堂问案还有约半个时辰。不管信中的内容如何，木匣已让人感到不祥，不宜再作为生辰礼了。无论如何，我还须再去一趟古董店，另选一样礼物。到了古董店，我还要问他这匣子是什么时候买进的，如何买进的。洪参军，你去大唐查一查失踪人口的卷宗，看看去年九月是否有一宗失踪案是关于一个叫玉儿的姑娘的。马荣，你陪我走一趟，古董店离这儿不远，我们步行过去。"

三

狄公和马荣步下县衙台阶时，便见通往南门的正街上已经是熙熙攘攘，人来人往。尽管时间尚早，但感觉天气已闷热异常。薄雾蒙蒙，莲湖中的宝塔塔尖仅依稀可辨。

狄公走在前面。他身着平日的蓝色便袍，乌纱亦换作黑色弁帽，因此没人认出他就是县令大人。紧跟在他身后的马荣则如常日穿着褐色的衙差袍服——腰扎黑色窄边束带，头戴黑色扁帽。

走了一段路，马荣突然停了下来。与两人几步之遥，一双火辣辣的大眼睛正热烈地、一眨不眨地注视着他。惊鸿之间，他瞥见一张白皙俊俏的女人面孔。只见她个子很高，头上的突厥人头巾遮住了她半个脸。他正待要上前询问时，两个挑夫担着个大木箱从他们中间走过。等他们离开，那个女人已经消失在了人群中。

狄公回过身去，指了指前方孔庙的高屋顶。"那家古董店就在孔庙后面第二条巷子的拐角，路右面的那家就是。"见马荣一脸茫然，他问道："你怎么了？"

"大人，属下刚才见到一个非常奇怪的女子。她眼睛很大，而且……"

"你不要总是见个女子就盯着不放！"狄公没好气地对他说道，"快点，我们的时间不多了！"

走在孔庙后面的窄巷里，行人越来越少。甫一走进那间昏暗的小古董店，宜人的凉气扑面而来。一个蓄着凌乱长须的老者认出了狄公，便急匆匆迎上前来。

"大人，小人能为您做些什么？"他笑着低声说道。

"今早到宝号的时候，"狄公答道，"本县忘了买件品质上乘的玉器。一对玉镯，或是一根发簪，都可以。"

掌柜从柜台下端出一个方形的托盘：一对白玉手镯，上面是缠枝梅花的图案。把玉镯放在一边，狄公问掌柜价钱。

"一个银锭子。这是给您这样尊贵的客人最实惠的价格！"

"本县买了。对了，顺便问一句，本县买的那个黑檀木匣子你是从哪里买进的？要知道，本县每买一件古董，总想了解一下它的来历。"

老掌柜把头上弁帽往后推了推，挠了挠灰白的脑袋。

"是从哪里进的货？让小人查查账簿，大人！请稍等片刻！"

"大人，您为何不跟他讲讲价？"马荣不高兴地问道，"整整一个银锭！这老匹夫钻钱眼里去了，他怎么还能活得好好的！"

"这对镯子值这么多钱。大夫人一定会喜欢的。"

古董店掌柜从店后走了出来。他将一本磨得卷了边的册子放到柜台上，用尖尖的食指点了点一条记录，低声说道：

"是了，找到了！四个月前，小人从李勃先生那里买来的。"

"他是何人？"狄公草草问道。

"唔，李勃嘛，可以称之为小画师，大人。他擅长山水，整日里画山画水，画了很多，可谁会买呀！您说说，出了城就是山水风景，而且天天都能看到，还不花钱。要是古画嘛，那就……"

"李勃住在何处？"

"离这儿不远，大人。就在钟楼旁边的那条街上，在一栋又破又老的房子里。是了，小人想起来了！想起来了！当时李掌柜拿过来一篮子要处理的旧物，那个木匣满是泥灰，就混在那一堆旧物里。要是李掌柜看到匣面上那块美玉的话……"古董店掌柜咧开他那无牙的嘴巴，狡黠地一笑。接着，他又马上说道："小人出了一个很公道的价钱买下了那堆东西，大人！李掌柜的兄长李劢经营着一个金银铺，不是很大，不过……大人，我对李家两兄弟可是不偏不倚的。也许哪天我还会和李劢做生意呢……"

"既然李勃的兄长家资丰厚，那他怎会过得如此拮据？"狄公问道。

掌柜耸了耸瘦得拎都拎不起来的肩膀。

"俩人去年吵了一架，大家都这么说。大人您是知道的，现如今，人们都不太讲究父慈子孝、兄友弟恭这一套了。小人总是说……"

"别说了。钱给你。不必包起来。"

狄公将镯子纳入袖中。到了店外，他对马荣说道："到钟楼大概只需半刻时。既然都知道了，我们干脆去见见李劼吧。"

两人再次穿过正街，绕过钟楼。悬挂在红漆椽子上的大铜钟闪闪发亮。每天早上，当大钟响起的时候，清脆的钟声于晨曦时分唤醒城中的百姓。一个挑水人热心地给他们带路，领两人来到一个棚屋前。这条窄巷里住着的都是些小商小贩。

棚屋的屋门没有上漆，门板修修补补很多次，上面都是横七竖八的裂痕。屋门两侧的窗户紧闭。

"李掌柜家看来不怎么富裕。"狄公一面叩门，一面感慨道。

"他叫没有古董店掌柜的本事！"马荣含讥带讽地说。

他们听到里面传来重重的脚步声。门闩移开，门开了。

门里是个衣衫邋遢的高个男子。他突然后退一步。"你们……什么人……何事？……"他结结巴巴地说。显然，他还以为来的是个商贩。

狄公不动声色，眼睛上下打量着这个男人，见此人瘦长脸，黑色短须，一双大眼，眼神里满是戒备；头戴一顶黑色纱帽，帽子旧得都磨出了线头；身上松松垮垮地罩着一件褐色长衫，上面沾着星星点点的绘画颜料。

"你可是画师李劼，李掌柜？"狄公彬彬有礼地问道。见男人默默点了点头，他接着说道："本县乃兰坊县令，这位是本县的属下，马荣。"见李勃脸色苍白，他继续温和地说道："此次前来，纯属私人拜会，李掌柜！本县对山水画颇感兴趣，久闻足下专精此道，是个难得的画师。早上，本县散步时途经此地，想着择日不如撞日，便过来叨扰，欲借足下墨宝一睹为快！"

"能入县尊青眼，草民荣幸之至！荣幸之至！"李勃急急说罢，脸色却沉了下来。"草民本不该推辞，但不巧的是，草民的助手昨夜没有回家来。还请大人恕罪，家中打扫整理这些杂务一向是草民的这个助手在打理。倘若大人择日再来……"

"无妨，无妨！"狄公打断他道，遂迈步进到昏暗的堂屋。

画师带两人来到堂屋后面一间宽敞的矮屋子里。屋内光线昏暗，两扇方正的窗子上贴着脏兮兮的窗纸。画师把一张不甚稳当的高背座椅推到屋子中央的桌案前请狄公坐下，又给马荣搬来一张竹凳。

等李勃走到墙边茶几旁准备茶水的时候，狄公不经意间扫了一眼画案上散放着的绢本画轴、纸本卷轴以及几个放着笔刷的笔筒。浅浅的调色盘里，颜料已然干结，砚台上也落了一层薄薄的浮灰。画案另一端则放着一碗残粥，粥碗旁边是一张油纸，油纸上还留着点咸菜。很显然，画师是刚刚吃完早饭。

画案靠西面的墙上挂了十几幅山水画，全都是水墨山水。在狄公看来，其中有几幅相当有水准。但当转头看向东面墙壁的画轴时，他皱了皱眉。画卷里都是佛教中的神明，但不是之前那种端庄大气的神佛菩萨，而是近来兴起的密宗教派里衣衫半裸、凶相毕露的妖魔罗刹。这些可怕的形象或是长出许多脑袋和手臂；或是面目丑陋，形似恶鬼；或是双目圆瞪，龇牙咧嘴；抑或是戴着人头做成头冠项圈的形象。其中有的图画甚至描绘的是妖魔罗刹怀抱艳女、寻欢作乐的形象。这些图画用色大胆，金色和绿色用得尤为肆意。

待李勃把茶放在画案上，狄公言道："本县非常欣赏你的山水画，李掌柜。这些画气势恢宏，直追古人境界。"

画师脸上露出得意的神色。

"草民酷爱山水风景，大人。每逢春秋两季，草民都会远足去城北和城东的山中采风。兰坊县周边的山峰没有哪处是草民未曾登临过的！造化之神奇，令人叹为观止，草民总想竭力将这些美景尽数呈现在画作中。"

狄公颔首赞许。他四下环顾，手指那些宗教画说道：

"为何你这样一位操守高洁的画师竟放下身段摹画这些胡狄蛮夷的恐怖画卷？"

李勃在窗前的竹凳上坐下，嘴角浮上一抹苦笑，回道："唉！大人，山水画并不能让我糊口！兰坊城里的突厥人和回纥人对这类佛教画有着大量的需求。如您所知，这些人相信这么一套荒唐的教义，即男女交合暗合天地交融之道，是涤清罪孽的一种方式。信徒们信奉那些妖魔罗刹。他们的仪式包括……"

狄公抬手打断道：

"这些以求神拜佛为幌子的醍醐勾当本县一清二楚，暗地里无非就是些男盗女娼、奸淫掳掠的。本县在汉源县任县令时，就处置过几起卑劣的凶杀案。这些凶杀案都是在道观举行秘密仪式时发生的。不论是佛门借用了道门的仪式，还是道门借用了佛门的仪式，本县不清楚，但也不在意。"他生气地捋了捋胡须，然后目光犀利地看向画师。"依你之言，莫非本地仍有类似的仪式盛行？"

"啊，不，大人。不曾有过。倒是八年前还是十年前的时候，县城东门外山上的紫云寺香火鼎盛，很多关外来的突厥等族的佛门信徒到那里奉香朝拜。后来官府介入后，寺中的僧尼就都被遣散了。不过，城里的佛教信徒依旧信奉佛教。他们买这些图画供奉在自己家中的佛堂里。他们坚信，这些凶神罗刹可以保佑他们百邪不侵、长命百岁、多子多孙。"

"迷信，愚昧！"狄公轻蔑道，"佛教原始教义中包含有很多崇高的思想。作为一个正统的儒家弟子，包括本县，相信李掌柜你也是——不会拜奉任何佛家的神像。本县要向你订购一幅山水画。本县老早以前就想在书房里挂上一幅边塞风光图，画中山峦叠嶂与广袤平原相映成趣。倘若你能为本县完成此画，本县将不胜欣慰。本县也会很乐意将你推荐给我的同道中人。不过，本县有个条件，你不要再画这些令人作呕的佛像了。"

"遵命，大人！"

"很好！"狄公从袖中掏出黑檀木匣放在画案之上，问，"这个匣子以前是不是你的东西？"

他仔细打量着画师的表情，可李勃的脸上却是一脸的讶异。

"不是，草民从来没见过这个东西，大人。市面上当然能买得到很多类似的匣子。兰坊本地的木工就可以用黑檀木边角料做出这样的匣子。人们买来放印章或者是名刺。不过，我从来没见过这么精致的古董。即使见过，草民也买不起。"

狄公重又将木匣纳入袖中。"你的兄长从来不买你的画作吗？"他貌似随意地问道。

李劭脸色一沉，压抑着怒气，草草回道："草民的兄长是个生意人。他对书画不感兴趣，也看不起卖字鬻画的文人。"

"就你和你的助手独自在此居住吗？"

"是的，大人。草民讨厌规规矩矩地整理房间。助手杨生胜任这些工作。他是个书生，因没有盘缠无法参加秋闱。他整理房间，也帮草民准备颜料什么的。可惜你们今天见不到他。"见狄公起身，他赶紧让道："再喝杯茶吧，大人？对草民而言，和大儒交谈的机会并不常有，而且……"

"抱歉，李掌柜，不过我得回衙去了。多谢茶水款待。别忘了画边塞风光图！"

李劭毕恭毕敬地将他们送到门口。

"大人，这个画师滑头滑脑的，没说实话！"两人一走到街上，马荣便忍不住说："古董店的掌柜确定他是从李劭那里买的。他生意上从没有出过错儿。凡事都记账，可不就是没出过错儿嘛！"

"一开始，"狄公徐徐说道，"李劭给我留下了相当好的印象。但之后我就不那么确定了。"他停了一下说，"我回衙门升堂断案，你就在这附近走走，问问商铺和街坊四邻对李劭的看法，也问问他的助手是个什么情况。多方了解一下，不能光听李勖的一面之词，明白吗？"

马荣点了点头。

行至一窄巷，他见巷内有一家店铺，门口有一面显眼的招牌，上面写着"纱轻质坚，裁量精准"。店里的裁缝正在柜台上卷起一匹丝绸。店里有四个上了年纪的妇人，她们围坐在一张细长的窄桌旁，穿针引线，绣个不停。裁缝殷勤地招呼着马荣，可当马荣问起画师李勖时，他的脸沉了下来。

"穷得跟快饿死的老鼠似的！"他颇为不屑地说道，"偶尔他到店里来，但也从来不买一寸布！他那个助手也是个叫花子，昼夜颠倒，和地痞流氓厮混一处。他回来的时候常常醉得都要上天了，又是唱又是号，把体面安静的邻人们搅得不安生。"

"年轻人隔三岔五出去浪荡一次也不奇怪。"马荣安慰道。

"年轻人，我的个天！虽然杨生人模人样的，但他就是个恶棍！他从店里买过一件新袍子，倒霉催的！没付一个铜板儿！小人本不想因为这个吵得人尽皆知，但是……"他从柜台上探出身来，朝街上前前后后、左左右右看了一圈。"小人得小心着点儿，您晓得吧。小人可不想他哪天带着流氓地痞来这儿，把垃圾倒在精美丝绸上……"

"既然杨生一无是处，李勖为什么还让他做助手呢？"

"那李掌柜也比他强不到哪里去！一丘之貉，两人半斤八两，差爷！你知道李掌柜为什么不成亲吗？他穷是真的穷，但不管怎样穷，一个男人总能找到一个比他更穷的姑娘成家。正经人家都是这样。他们两个倒好，在那破房子里打光棍，差爷，甚至连干粗活的婆子都不雇一个。天知道，他们晚上都干些什么！"

裁缝看了马荣一眼，但眼前这个大汉却没有再问什么。裁缝向前凑了凑，压低嗓门继续说道："小人不是个多嘴多舌的人。小人总说，少管闲事吧，算了吧。小人就跟您说一件事儿。前一阵子，邻居看见有个女人进了他们家，他说那时候是半夜。小人跟菜贩子闲聊说起此事，他说天蒙蒙亮的时候也见李勃送一个女人出门。如果是您，您想想！这样有损声名的事，差爷，小人实在看不过眼。"

马荣也说这是个可悲的世道。两人又聊了半天，马荣打听到那个书生的大名叫杨牟德，便也告辞离了窄巷。他一边往衙门走，一边咒骂着这炎热的天气。

四

马荣进二堂的时候，正好看见洪参军帮狄公穿上那件领口绣有金线的绿色织锦厚官袍。趁狄公对着镜子整理官帽的工夫，马荣说起自己从裁缝那儿打听到的消息。

"我这里也没什么头绪。"狄公说道，"洪亮查阅了所有失踪人口的卷宗，也是一无所获。洪参军，跟马荣说说你都查到了些什么。"

洪参军从桌上拿起一张记录纸。

"九月初四那天，"他跟马荣说道，"报失踪的有两个人。一个是突厥马贩子报案说，他的女儿突然失踪了。不过，过了一个月他女儿就回家了，还带着她塞外的夫婿，怀中还抱着个婴儿。

第二个报失踪的人是一个叫明敖的铁匠兼锁匠。他的兄长报的案，说他九月初六外出后就再没有回去过。为避免疏漏，我把己巳年所有的卷宗都查了一遍，但所有的案卷里都没有提过玉儿这个名字。"

就在这时，县衙大堂门口的铜锣响起。铜锣敲了三下，意味着升堂的时辰到了。

洪参军掀开二堂通往大堂的帷幔，紫色帷幔上用金线绣着代表智谋善辩的獬豸。狄公登上高台，在堂案后坐下。铺着红色桌帷的堂案上堆些案卷，案卷旁是用油纸裹好的方形大包裹。狄公好奇地瞅了瞅包裹，遂双手拢袖，环视一下大堂。

大堂宽敞，且颇为凉爽，只有十来个听审的百姓在大堂廊庑下游荡。很显然，他们是来大堂乘凉的，而并非想见证激动人心的凶杀案审。堂上，八名衙役分作两班，站在堂案两侧。班头手执皮鞭站在一旁，一拃宽的皮带上挂着两副铁铐。狄公见班头身后站着四个百姓，穿着干净的蓝色短袍，看上去神情颇为紧张。两名书吏坐在堂案左侧的矮桌后，笔墨备好，准备记录堂审的情况。

洪参军和马荣侍立在狄公身后。狄公拿起惊堂木，往堂案上一拍。

"升堂！"他高声宣布。点卯结束，他命令班头将被告带上大堂。

班头挥手示意，立时便有两名衙役从左侧的门里拖出个瘦高个男子，带到案前。但见男子上身着一件打了补丁的褐色短褂，下身穿一条宽松肥大的裤子。狄公飞快地扫了一眼，此人一张被晒得黢黑的长脸，脸上蓄着短髭；又长又脏的头发油光发腻，一绺绺地盖在前额。衙役们摁住男子，让他跪在堂案前的石板地上。班头随后往男子身旁一站，手中的鞭子晃来晃去。

狄公看了看面前的案卷，抬起头，厉声问道："堂下所跪可是阿刘，年三十二岁，无业无家？"

"是，小人正是阿刘，"犯人哀号道，"但是，启禀大老爷——"

班头用鞭子的手柄敲打一下阿刘的肩膀。"休得啰唆，大人问什么你答什么！"他向囚犯咆哮道。

"班头，把案情当堂讲来！"

班头浑身一凛，正身站好，清了清嗓子，郑重其事地说道：

"昨天晚上，在最靠近东门的周家客栈，嫌犯和里坊间恶名远扬的沈三一起吃饭。他们喝了四壶酒，临了却为谁付酒钱的事情吵了起来。客栈周掌柜上前劝说后，两人便也不再吵了。之后，阿刘和沈三又掷起了骰子。刚玩没多久，沈三便输了很多钱。玩着玩着，沈三突然跳起来嚷嚷着说，阿刘出老千。于是，两个人动起拳脚，阿刘拿起空酒壶便要砸沈三的脑袋，客栈掌柜央求众人阻止。在众人的说和下，两人离开了客栈。有人听沈三对阿刘说，要去荒寺了结恩怨。大人，沈三提到的荒寺便是东门外山上的古刹，名叫紫云寺。紫云寺已废弃了十余年，每到夜晚，流民乞丐都会到那里过夜。"

"嫌犯和沈三是否一同去了紫云寺？"狄公问。

"回大人，他们确实去了紫云寺。东门的兵丁证实说，他二人在夜半三更时分出了城，一路上骂骂咧咧的。守门的兵丁提醒他们城门要关了，阿刘却叫嚷着说他再也不回来了。"

阿刘抬头想要说些什么，但一看到班头扬起鞭子的架势，便又把头垂得低低的。

"今早天刚亮，孟猎户到衙门报案说，他到紫云寺大殿里歇脚，发现供桌前倒着一具尸体。在下听罢，立刻点上两名差役一同前往。那尸体的脑袋已被割下，就放在尸体边，地上一大摊血。被杀的死者正是地痞沈三。杀人凶器也被丢在一旁，是一把很重的突厥双头斧。在下又在寺内搜了一遍，便在寺后的花园边上看到了在树下躺着睡大觉的嫌犯。他短褂上沾有血迹。在下担心嫌犯跑了，回来申领缉捕批文是来不及了，于是便以其'黉夜在外，游荡不归之罪名'当场逮捕了他。他跟在下说，他离城前最后去的地方是周家客栈。在下听罢，便赶紧又去了客栈。周掌柜向在下说起他们吵架的事情。周掌柜和另外两个见证他们争吵的客人，还有孟猎户，现在都住堂下，可以上堂作证。"

狄公点点头，遂回头低声问马荣："两个地痞流氓吵架，吵到要用斧头解决，是不是太奇怪了点？"

"确实如此，大人。"马荣回答，"刀戳棍劈倒是更有可能。"

"先看看杀人凶器！"

马荣将油纸打开，一把约略三尺长的曲柄双头斧便呈现在眼前，但见锋利的斧刃上血迹已干，青铜斧背上铸刻着一个狞笑的鬼头形状。

"班头，凶手怎么会有这样一件番邦异族的武器？"

"大人，武器很容易拿到。寺里大殿内，除了后墙的供桌，没有旁的东西，只有侧墙佛龛里还有两只戟、两把斧头。寺里还有香火的时候，这些武器是佛寺庆典活动中的道具。寺中僧尼被赶走以后，这些东西就被丢弃了。不过，因为是圣器的缘故，也没有人敢偷，据说会带给人厄运。"

"班头，沈三在本县可有亲属？"

"回大人，没有。他有一个弟弟叫老五，但那家伙前段时间搬到邻近的同康县去了。"

洪参军俯身对狄公说："大人，属下看过同康县令抄报给您的官文，他最近判了老五及其姘妇六个月的监禁。罪名是他们偷了一头猪。"

"知道了。"狄公继续说道，"阿刘，把昨天发生的事情一五一十当堂讲来！"

"青天大老爷，昨晚上没发生什么呀。小人发誓！沈三是小人最好的哥们儿，小人怎么会……"

"你和他大吵了一顿，你还想砸他的脑袋。"狄公说，"你承不承认？"

"不是的，大人！小人和沈三，我们两个人虽然总是吵吵闹闹的，但那是打发时间罢了。沈三后来说小人玩骰子出老千，小人是出老千了。小人一直出老千，沈三也一直想抓住小人出老千。这是我俩的乐子！相信我，青天大老爷，小人没有杀他。小人发誓！小人连他的头发都没有动过！小人没有……"

狄公一拍惊堂木。

"老实交代，你二人离开客栈后去了哪里！"

"我们一起去了东门。出门的时候，我们手挽着手唱着歌。小人昨天给人扛了整整一个下午的木头，累得没什么力气。上台阶的时候，沈三还扶着小人……到了寺里，沈三说他要去大殿里的供桌上睡觉。小人当时困得睁不开眼，便在一棵大树下躺倒睡了。今天早上醒来的时候就看到这个狗……"见班头又举起鞭子，他咽回尚未说出来的话，愤愤然继续说道："看到这位差官在踢小人的腰肋，还大喊大叫，说小人是杀人凶手。"

"荒寺中可还有其他人？"

"回大人，没有其他人。"

"仵作是否已经验完了尸体，班头？"

"是的，大人。尸格在此。"

班头从袖口取出一张叠起来的纸，双手恭恭敬敬地呈到堂案上。狄公览毕，站在身后的马荣和洪参军也一起跟着看完了。

"他竟然费工夫把脑袋砍了下来，真是有意思。"马荣低声嘀嘀道，"在脖子上砍一斧子不就行了吗？"

狄公回身看他，低声说道："仵作的结论是，尸体上没有任何伤口或者被暴力击打的痕迹。沈三可是个打手，我觉得有点不对劲。"他捋了捋黑髯，思忖片刻，接着又道，"仵作是个经验老到的药师，是个好人，但验尸方面有点经验不足。堂审之前，我等最好再看看尸体。"他一拍惊堂木，说道：

"班头，将嫌犯押回牢房！此案择日再审！"

他起身离座，消失在獬豸帷幔后面，马荣和洪参军紧随其后。

五

　　三人过大堂，来到中庭后面的县衙大牢厢房，那里暂作停尸间。

　　屋里面狭长逼仄，红砖铺地。一进屋就闻到股腐臭难闻的气味，但见屋子中央有一张高腿长桌，桌子上停放着一具尸首，上面盖着芦席。从芦席的形状看，尸体比较长。桌子旁边地上放着一个大圆筐。

　　狄公指了指大筐，"我们先看看人头。"他对马荣说。

　　马荣将圆筐拎到桌上，掀开筐盖，他的脸色顿时变得古怪起来。

　　"真是恶心。"他拉起围领，捂住口鼻，拽着沾了血的长发提起人头，把人脸正面朝上放到圆筐旁边。

狄公双手背在身后，默不作声地审视着这颗可怕的人头。一络络头发垂到沈三满是皱纹的短小额头上，挡住了没有合上的眼睛，那双死不瞑目的眼睛里充满血丝；一张大脸晒得黝黑，左脸颊上的旧疤丑陋狰狞；唇边的胡须凌乱，两片厚嘴唇没有合上，露出了一口参差不齐的黄牙；脖子被割断的地方皮肤外翻，血块凝结。

"这张脸真不讨人喜欢。"狄公言道，"马荣，把芦席移开！"

没了脑袋的身体，赤条条身无一物；宽肩窄臀，身材匀称；两臂修长，肌肉隆起。

"个头倒是挺大的，像是有把子力气的家伙。"马荣断言，"这样的人不大可能乖乖伸出脖子让人砍。"他俯身查验尸体和脖子断开的切口处。"啊哈，我看到了一根蓝色的线绳，还有勒痕。大人，沈二是被勒死的。凶手可能是从他背后下手，往他脖子上套了一根绳子。"

狄公点头。

"马荣，你说得对极了。线绳便是很明显的证据。脖子被勒住后，脸上本来应该有所变化，但凶手动作很快，死者还没来得及反应，脑袋便被砍下了。现在的问题是，这场令人切齿的罪行是在什么时候发生的？"狄公摸了摸尸体的双臂和双腿，又弯了弯尸体右臂肘。"根据尸体的僵硬程度判断，死亡时间大约是子夜时分，至少我们的班头也是如此判断。"他松开死者的手臂，突然伸手把尸体握紧的拳头掰开。他看了看死者光滑的手掌，又细细查看了每一根手指。他松开死者的手臂，走到桌子另一头弯腰查验尸体的双足。

他直起身，对旁边的洪参军说："角落里那堆血迹斑斑的东西是死者的衣物，是吧？把衣服拿到桌子上摊开来！"

狄公从一堆衣物里挑出一条打着补丁的裤子，将两条裤腿比量一下死者的腿。"果然不出所料！"他喃喃自语。

他面色阴沉地看了看两位属下，说道：

"伙计们，我今天早上还说，这是寻常的混混们打斗，真是大错特错！最起码，这是两桩谋杀案！"

"两桩谋杀案！"洪参军惊道，"老爷此话何意？"

"意思是说，被杀的不是一人，而是两人。头颅被割断，所以身体也可以相互调换。你们没有看出来吗？这具尸体不是沈三的。对比一下，人头上是晒得黝黑的脸，而尸身上是白皙的双手双臂，再看看这双保养得很好的手掌和连茧子也没有的双脚！另外，从尸身长度可以看出，死者的个子并不矮，但沈三的裤子对他来说仍然太长。我们的班头还有的学了。"

"我马上把那头笨驴牵进来！"马荣小声说道，"我们要让他得些教训……"

"不用，无须如此！"狄公马上制止道，"杀人凶手一定有非常充足的理由让人以为，被杀的只有沈三一个人，这具尸体就是沈三。事情尚未进展，我们还是先别让班头知道这一点。"

"那么沈三的尸身，还有这具无名尸体的头颅在哪儿呢？"马荣疑惑不解地问。

"我也正想知道。"狄公不耐烦地回答,"天呐,两桩谋杀案!而我们却对这冷酷凶残的凶手毫无头绪,其作案动机也无从知晓!"他一边捋髯,一边低头端详着沈三变了形的面孔。突然,他转过身说,"我们去旁边监牢找阿刘问问。"

牢房里非常黑,他们几乎看不出牢房铁栅栏后面蜷缩着犯人。看三人走到牢房门口,阿刘赶紧从牢房最里面的角落里爬了过来,身上的镣铐叮当作响。

"不要对小人用刑!"他扯开嗓子拼命地叫喊:"小人发誓——小人——"

"闭嘴!"狄公大喝一声,随之又放缓语气,问道:"本县问你一些你朋友沈三的情况。如果荒寺里杀他的人不是你,那是谁?你的短褂上又怎么会沾着血?"

阿刘爬到牢房门口,用戴着镣铐的双手抱住膝头,哭号起来:"青天大老爷,小人不知道谁杀了他!小人怎么能知道呀?当然,沈三是有几个对头。不过,现如今在道上讨生活,先下手为强,后下手遭殃,为了挣口饭吃,谁还没有几个冤家对头?但谁又会狠心到拼了性命也要去杀他呢?没有,大人。至于血,天知道是怎么跑到小人衣服上的。"他摇了摇头,又继续说道:"沈三是个很难对付的家伙,他的拳头厉害得很。论打架,他是个好手,耍起刀棒来也不在话下。老天爷啊,莫不是……"他突然住了口。

"你个刁民!怎么不说了?莫不是谁?"

"呃……大人,小人觉得,定是有鬼,紫云寺女鬼,我们都这么叫。大人，那个女鬼的身上裹着长长的白麻布。每逢满月，女鬼就到紫云寺的旧花园里游荡。大人，她是一个厉鬼，喜欢咬断男人的脖子。满月的时候，我们从不到那儿去……"

"少说废话！"狄公不耐烦地打断他的话，"沈三最近是否与人有过争吵、起过争执？我说的不是什么酒后玩闹，是真正的争吵！"

"是是是，大人，他和他的弟弟大吵过一次。那是半个月前的事了。他的弟弟叫老五，个子没有沈三高，是个小气的混蛋。他和沈三的相好勾搭上了，沈三曾经赌咒发誓地说要杀了他。那之后，老五就和那个女人搬去了同康。但是大人，因为女人就杀人说不过去，是吧？要是因为钱么……"

"沈三的朋友或者熟人里有没有一个瘦高个子？模样周正，像是能写会算或者相类似的人物？"

阿刘使劲儿地想了想，两道低垂的眉毛紧紧皱起。想了一会儿，他回答道："嗯，是的，我确实见过几次那高个子男人，像你说的那种人，穿着蓝色的袍子，身上打理得干干净净，头上戴着正儿八经的帽子。我问过沈三，那人是谁，他们热火朝天地聊什么呢，可是他只是让小人闭嘴，让小人管好自己的事儿就行。于是小人就闭嘴了。"

"要是那个男人再出现，你能否认出他来？"

"不能，大人。他们是天黑以后在紫云寺前面的院里见的面。小人觉得他有胡子，但是没留长须。"

"好吧，阿刘，为了你好，本县希望你把知道的都说出来了。"

回到二堂，狄公告诉两位随从："阿刘的供述基本上都是实话。可见有人让阿刘做了替罪羊。目前来看，阿刘在牢里反而更安全。洪亮，通知班头，就说堂审推迟，明天再审。我必须换个时间，我已经答应了几位夫人，今天这个欢庆的日子里要和她们一起用午饭。马荣，我想让你下午去一趟城里，到突厥人、回纥人和其他夷狄人混居的北寮。既然凶手用的是突厥人的斧头，那么他有可能是个突厥人，或者是个和蛮夷人关系匪浅的汉人。要想和凶手一样娴熟地使用曲柄板斧，必须是非常熟悉那类武器才行。你要去那些黑白两道、三教九流常去的廉价茶寮食肆暗中查访。"

"大人，属下有更好的办法！"马荣迫不及待地说，"属下可以去找狂蜂图尔比打听。"

洪参军意味深长地看了狄公一眼。不过，他知趣地没有开口吐槽。图尔比是个回纥娼妓，六个月前，马荣被她迷得神魂颠倒。但是好景不长，图尔比对酥油酸奶茶的癖好无可救药，而且对沐浴净身的厌恶也同样无可救药，他很快便无法消受她那无穷的魅力。雪上加霜的是，他发现她早已有了一个老相好。那人是个蒙古骆驼骑手，她还给那人生了两个儿子，一个七岁，一个四岁。于是，他极有风度地结束了这段恋情。他拿出积蓄为她赎了身，并帮她开了一家卖汤水的食摊。那个骆驼骑手娶了图尔比。他们的婚宴一直开到凌晨，婚宴上有烤羊羔，还有蒙古烈酒，马荣做了婚礼上的男傧相，喝得酩酊大醉，这是他几年来醉得最为厉害的一次。

狄公沉吟片刻，温和地说道："照惯例讲，涉及本族的事情，那些人是不会开口的。不过，你和那个娘子熟得很，她也许可以对你说些什么。不管怎样，试一试没什么坏处。回来跟我说说情况即可。"

洪参军和马荣在衙役班房吃了午饭。马荣叫了个差役去附近酒肆给他打了壶酒。

"图尔比卖的都是些上不得台面的吃食。"放下茶碗，他心情苦涩地说道，"想必你也明白了，我须得先填饱肚子再去找她！我最好再换件旧衣服，免得引人注意。祝你在紫云寺中的搜查顺利！"

待马荣离开，洪参军喝了杯茶，这才迈着步子往狄公在衙署后的私邸走去。老管家跟他说，狄公和三位夫人用完午饭后去了后花园。洪参军点了点头，便径直往后花园而去。他是县衙上下所有佐吏差役里唯一被允许进入狄公宅邸内眷居所的人，并以此为荣。

花园里凉爽宜人。兰坊前任县令中有一位酷爱园林景观的，花园就是他妙手布置的。曲折蜿蜒的小径两侧，高大的栎树和合欢树枝繁叶茂。小径上铺着大小不一的黑色卵石，每过一个转弯都可以听见灌木丛中曲折流转的潺潺溪水声。

走到最后一个转弯处，洪参军看到一小片空地，四周是长满青苔的大石头。飒飒作响的竹林前有一条古朴别致的石凳，二夫人和三夫人正并肩坐在石凳上。两位夫人望着远处的荷塘。荷塘以外便是县衙的外墙，沿外墙每隔几步便种着一棵松树。荷塘中央有座小小的亭子，小亭翘檐尖顶，亭檐下是六根纤细的红漆亭柱，柱子和柱子间有围栏相连；靠着围栏有一张书案放在亭内，狄公和大夫人正弯腰在书案上做什么。

"老爷正要泼墨挥毫。"二夫人告诉洪亮，"我们便待在这边，免得打扰到他。"二夫人亲切和悦，头发在脑后绾成一个清爽利落的螺髻，身上穿着紫襦白裙。她负责府中的账目。三夫人身形纤秀，身着明蓝广袖罗裙，胸围下方系着一条红色披帛丝带，头发梳成精致美丽的高髻，她细致的妆容让她更显艳丽。她喜欢绘画和书法，也喜欢户外运动，尤其是骑马。她负责狄公子女的启蒙。洪参军向两位夫人深施一礼，遂上了石阶往荷塘走去。

他踏上通向荷塘的大理石拱桥。拱桥中央最高处便是小亭。狄公提笔站在书案前，全神贯注地注视着案上铺开的红纸。大夫人正在劳边的小儿上磨墨。大夫人面容端庄，典型的鹅蛋脸，头发梳成厚厚的三螺髻，发髻上插着一根细细的金簪。一身剪裁得体的蓝底白色团花的丝裙更衬托出她曼妙的身材，即便她年仅四十，身体也略有发福。与狄公成亲时她十九岁，狄公当时刚行过二十岁的弱冠礼。她出身世卿世禄的簪缨之家，父亲是朝中的高官，与狄公之父是至交。她受过良好的教育，性格坚毅，持家有方。她放下墨块，向自己的夫君示意墨已备好。狄公蘸湿笔毫，握笔提袖，一个四尺见方的"寿"字跃然纸上，雄浑有力。

洪参军站在石桥上，直到狄公搁笔，这才走进亭子。他赞道："好一幅精妙绝伦的中堂大作！"

"我就想要老爷亲笔写下这个寓意美好的'寿'字。"大夫人满意地微笑道，"我即刻让人将字挂在宴厅的墙上。"

二夫人和三夫人也赶忙跑过来观赏。两人激动地拍手称贺。

"哈哈，"狄公笑着说，"若是没有大夫人磨墨，没有二位夫人铺纸蘸墨，我可写不成字！我得出去一趟。昨天晚上，几个流氓混子在城外的荒寺里聚众闹事，我得去那里查看查看。要是时间充裕，我会去云隐寺拜访师太，告诉她我准备在山上设岗值守。"

"去吧去吧！"二夫人赶紧道，"云隐寺里只有师太和一个侍女！"

"你应该劝劝师太，让她搬到城里来。"大夫人言道，"城里有两三个空置的尼寺，她大可以在城里安顿下来。这样她来教我们插花的时候就不用奔波了，时间都花在下山到县衙的路上了。"

"我尽力而为。"狄公说道。夫人们喜欢师太，师太是她们在兰坊为数不多的好友之一。"我可能会晚些回来。"狄公又道，"不过，你们下午要接待来贺寿的夫人们，想必也会很忙。我会尽量早点回来的。"

三位夫人一直将他送到花园门口。

六

县衙中庭，宽敞的官轿已经备好，轿子旁边站着八个孔武有力的轿夫。班头和十个衙役也已上马，整装待发。狄公跨入轿内，洪参军随后也跟着上了轿。

轿夫们抬着轿子往东门走。洪参军在轿内问道："大人，凶手为何要斩下死者人的头颅，不是多此一举吗？还有，他为何要调换死者的身体呢？"

"洪亮，答案显而易见。作案的凶犯可能是一个人，也可能是几个人。凶手不在乎死者沈三的身份是否会被发现。只不过，出于某些不为人知的考虑，凶手不希望沈三的尸身被发现。与此同时，他也想掩盖第二个死者的身份。或者可能有其他不为人知的原因，不过我们现在还不用管这些。我们的首要任务是要找到沈三的尸身以及另一个死者的头颅。这两样东西要么藏在寺内，要么藏在寺庙附近，绝没有别的可能！"

一行人浩浩荡荡出了东门。道路两侧的商铺、路边摊旁，有闲逛的路人看见官府的队伍，便心生好奇，跟着队伍向前走，想知道发生了什么。班头举起鞭子，吆喝着叫众人退开些。

又走了一小会儿，众人便来到山脚下。山上林木蓊郁，山脚立着一道石拱门。班头和衙役们勒马停下，轿夫们则落下轿子，狄公趁机嘱咐洪参军道：

"洪亮，你要记住，班头和差役们并不知道我们要找什么。我会说我们要找的是个大点的箱子或者类似大箱子之类的东西。"狄公走出官轿，疑惑地看了看陡直的石阶。"班头，天这么热，竟然还要爬这么陡的台阶？"

"大人，台阶大约有两百级，上山的话走这条路是最快的了。紫云寺后山还有一条上山的路，坡度平缓，更容易走些。那条路通往官道，上了官道走不了几步就是南门。不过，若是从南门走，到山顶要花半个多时辰，平日只有猎户和樵夫才走。晚上到寺里过夜的流民乞丐都是走这些台阶上山。"

"好吧。"狄公撩起长袍下摆披在腰间，踏上饱经风雨、业已风化的宽大石阶，开始向山顶出发。

爬到一半，狄公注意到洪参军呼吸急促，有些喘不过气来，便命大家停下来歇息片刻。等爬到山顶，众人便看见高高的树林间有一片长满荒草的空地。空地前面便是由灰色石头砌成的佛寺山门，山门两侧是看似结实严密的高墙。山门中间的拱顶上，各种颜色的小石子拼成三个大字——"紫云寺"。

"大人，顺着山门右侧的围墙走有一条小路，小路通往一个叫作云隐寺的小庙。"班头介绍道，"庙里住着师太和她的侍女。属下想着要问她们昨天晚上的事，只是还未来得及去。"

"本县想先看看凶案现场。"狄公吩咐道，"带路吧。"

寺庙外院，青石铺地，但长满了杂草，围墙虽已坍塌破败，但雄伟的大殿两侧立着的三层佛塔却完好无损。

"这座异域风情的建筑，"狄公对洪参军说道，"自然无法与我朝臻于至善的庙宇楼台相媲美。不过，不得不说，从建造工艺来看，两座宝塔两两对称，天竺工匠的手艺的确精湛非凡。依本县看，这座三百年前的古庙修葺维护得不错。班头，你是在哪里发现阿刘的？"

班头将众人带到外院左侧的树林边。外院的右侧是一片荒地，除了一些大石头，并没有旁的什么。狄公注意到，这里比山下的兰坊城要稍微凉快一些。烈日炎炎，树林中的蝉鸣声此起彼伏，不绝于耳。

"大人，这片林子以前是一片占地颇广、打理得颇为精致的花园。"班头道，"现在却是杂草丛生，凄凉阴森，即使是到寺里过夜的流氓地痞也不敢到这地方来。听人们说，这里有很多毒蛇。"他指着一棵古柏又道，"大人，那嫌犯就躺在那棵树下，头枕在裸露的树根上。属下推断，杀了沈三之后，他本想逃跑的。但在漆黑的夜色中，他慌不择路，被树根绊倒，跌倒后便昏睡过去了。"

"知道了，我们到大殿看看。"

衙役们推开大殿的六面隔扇门。殿门上腐朽破烂的木屑碎片纷纷落下，落在衙役们头上。狄公上台阶，跨过门槛，走进大殿。他好奇地扫一眼空荡荡的大殿，殿内昏暗，但见大殿左右两侧各有六根粗大的石柱，支撑着高高的屋顶。椽子上结了很多蛛网，但灰尘太多，蛛网坠下来，如同一面面小旗挂在那儿。大殿尽头靠后墙的地方，狄公隐约看到一张黑檀木供桌。供桌长一丈二尺，高五尺。大殿侧墙有一小门，小门上方墙壁的高处有扇方形窗户。窗户已经用木板钉死。狄公指着窗户，问道："班头，能不能让你的手下把木板撬掉？这里太暗了！"

班头招招手，两个衙役走到左边的石柱后面，从壁龛里掏出两根长戟，用长戟去撬动被钉住的木板。趁着衙役们忙活的工夫，狄公走到大殿中央，一边轻捋长髯，一边静静地打量一下大殿。窒闷的空气似乎堵塞了他的肺腑，他感觉甚是憋闷。墙壁上间隔均匀的凿洞是用来放置火把的，可见多年前大殿举行宗教仪式时的盛况。不过，大殿中仍残留着一丝邪恶的气息。忽然，狄县令感觉有一丝诡异，似乎有人在恶狠狠地瞪视着自己。

"大人，听说这里以前挂满了巨幅彩画。"班头在他身旁说道，"画上都是赤身裸体的菩萨以及……"

"我对道听途说的事不感兴趣！"狄公不耐烦地说道。见班头面容一僵，他缓声说道："班头，你看石柱后面地上的灰烬是怎么来的？"

"大人，这里的墙很厚，冬天的时候，尤其是天冷的几个月里，会有流民到这里来过夜，在这里烧柴取暖。"

"但大殿中央这堆柴灰看起来才烧过没多久。"狄公说着，用手指了指。他所指的那堆灰烬在一圆形浅坑内，浅坑之所以存在是因为原本的青石板被挪走了。浅坑周围的石板上雕刻着莲花花瓣。狄公注意到，这移走的石板正好在大殿的正中心，而与之相邻的八块石板上刻着异族的文字。

嘭的一声，大殿侧墙窗户上钉死的木板掉了下来。两只黑色的东西扑棱棱地从木椽子下飞了出来，其中一只还尖叫着从狄公头上掠过。两只蝙蝠飞出殿门，接着又飞进殿门上方墙壁的漆黑洞穴中。

洪参军刚才一直在供桌前的地上勘查。这时他站起身来，说道："老爷，现在大殿内亮堂多了，这儿有一摊明显的血迹。不过，这里的灰尘和脏污太多，把血迹都盖住了；另外，这里脚步特别凌乱，很难判断是怎么回事。"

狄公走过去，仔细检查青石地面。"唉，天知道这里发生了什么事情！把衙役都叫过来！"很快，衙役们围拢在狄公身边。狄公说道："本县得到一条可靠的消息，凶案发生前后，有一个大木箱子被埋在寺内或者是寺庙附近。我们先从寺内搜起。本县与洪参军带三个人搜查左半边，班头和其他人去搜查右半边。这个箱子不小，诸位留意一下，看这里是否有隐蔽的柜子、最近被翻开过的地板，或者类似暗门这样的地方。好了，行动吧！"

两个衙役打开壁龛左边放有武器的小门。壁龛内，衙役们之前用过的长戟已经被放回原处，里面还有一件和杀人凶器一模一样的突厥曲柄双头斧。众人进得小门，见门内的走道狭窄，约有两丈多长。走道两侧各有四扇门，门内皆是狭长的屋子，每个屋子里又都有一个窗洞，窗洞上的窗框和窗纸早已没有了。

"很显然，这禅房是寺中僧尼用的。"狄公言道，"右半边也一定有与此一样的八个房间，因为这座寺庙是对称结构。嘿，小方，你过来一下！"狄公喊来一个衙役，指着铺着石板的地面对他说道："你看看这些青石地砖是否能撬动。青石地砖看起来铺得不怎么样，并不平整。还有你们。"他吩咐另两个衙役道，"你们两个可以去对面的几个房间，看看里面的地板是否和这边一样。"

捕快小方从腰间挂着的刀鞘中抽出佩刀，刀尖插入石板与石板之间的缝隙。有三块石板很容易就被撬了起来。

"看看下面埋了什么？"

小方用佩刀挖开下面松软的泥土，但除了地基中的坚硬石块，什么也没有挖出来。

"老爷，我们的思路是对的！"洪亮叹道。他激动地又道，"有人想把一个大件东西埋在这里，但因为无法挖太深而作罢！"

"确实如此，洪亮。我们可以不用去其他屋子了。凶手会去佛塔，看塔里是否可以挖洞。凶手……"

"大人，您快来看！"在对面屋子勘查的衙役跑过来喊道："一半的青石地砖被人翻过了！"

他们赶紧跟了过去，但见屋子中央有六块石板已被掀开，都整齐地码放在墙角。狄公用指腹摸了摸最上面的青石，发现指腹上沾了一层薄灰。"伙计们，走，我们去看看别的屋子！"

众人发现，每个屋子的青石地板都被翻过了。有的屋子里的石板虽然被翻过，但地板仍然铺得很平整；但有的屋子则不然，石板被翻起随手扔到角落里。

"去佛塔上看看！"狄公命道。他穿过走廊尽头的门洞，进入一个八角形的宽敞殿宇。这就是大殿西侧佛塔的第一层。佛塔一层的地面仍是青石铺地，没有被翻动过。

"难怪。"狄公低声道："这些石板已然嵌在地里了。要拿镐头在上面敲个洞才能翻开石板。不过，注意墙壁上的那些围板！"

用来遮掩砖墙的围板有的地方已经朽坏，从劈开的木板来看，砖墙和壁板之间的空隙大约有二寸宽。

"我不明白，怎么会……"洪参军疑惑不解地问。

"我明白就行了。"狄公粗暴地打断他的话，吩咐两个衙役道："你们去检查楼梯和佛塔的二层与三层。洪参军跟着我，我们到塔顶，上去换口气。"

他们走上吱呀作响的楼梯。年久失修，木楼梯早已朽烂不堪，有的楼梯板上还有一个个的破洞。两人小心地提着步子，绕开那些破洞，免得不小心一脚踩空掉下去。

佛塔顶层外修了一圈小小连廊露台，露台上方就是佛塔的宝顶与卷翘的房檐。狄公站在露台上，双手拢袖。他俯视着塔下郁郁葱葱的大树树冠。过了一会儿，他回头微笑着对洪参军说：

"洪亮，刚才在楼下言语有些怠慢，还请不要介怀。这真是一起让人头疼的案子。现在我们有了第一条线索，但这似乎和杀害沈三的凶手没有什么关联！这座荒寺已经被人彻底搜查过了，但并不是为了找地方藏匿尸体和被割下的头颅。搜查翻找的时间也不是昨天，而是一段时间以前。我们要搜查的是个小箱子，要我说，尺寸不会超过几寸见方。"

洪参军慢慢地点了点头，问道："您是如何知道我们要找的东西的尺寸这么小呢，大人？"

"这个嘛，找东西的人在第一个屋子里掀开地砖，并在地砖下只有五六寸深的泥土中翻找，他也检查了其他的屋子，希望屋子里埋着他想要的东西。查找无果，他又在贴着木板的砖墙上动脑筋，在围板后面的缝隙中寻找。你刚才也看到了，木板和砖墙之间的缝隙只有几寸而已。"他思忖片刻，接着又道："我认为找东西的人有两个，他们各找各的，不是一路人马。其中一人经验老到，他仔细调换了地砖的位置，想掩盖自己曾翻动过地砖。另一个人则无所顾忌，掀开地砖后就把地砖随意丢在墙角，甚至直接弄坏了墙壁围板。"

"您刚才说，我们要找的东西和正在查的案子没什么关联。但要知道，沈三经常到这紫云寺来。即使像找小箱子这样的行动发生在杀人之前，但杀人和找箱子之间也许有某种关联。"

"是的，洪亮。你说得对！有这个可能，我们必须小心求证。或许，沈三和另一位死者之所以被杀，是因为他们发现了其他人费力寻找却没有找到的东西！"狄公捋着胡须想了一会儿。"至于沈三的尸身和另一个死者的头颅，在紫云寺内我们是找不到了。

你大概也已经看到了，寺内没有血迹，也没有清理血迹后残留下来的痕迹。"他指了指塔下的树冠。"能藏尸体和断头的地方显然只能在那边的树林里。从这里望出去，你看看紫云寺的林地有多大，寻常的搜寻方式显然费时费力得很。好了，我们该下去了。"

在塔楼里搜查的三个衙役过来回禀，说未发现西佛塔有被翻找过的迹象，墙壁上也没有围板，地上的石板也没人动过。

众人回到紫云寺正殿。班头灰头土脸地站在殿内，正用围领擦着脸上的汗水。他手下的衙役们则围在他身边交头接耳，低声细语。

"大人，有人翻过地面和围板。"他一脸沮丧地说道，"但我们没有查到哪里能藏得下一个大木箱子。"

"知道了，箱子一定是藏在花园里的什么地方。对了，班头，供桌旁边的那扇小门通往哪里？本县在西佛塔的塔顶往下看，没看到周围墙壁上哪里有个后门。"

"回大人，那扇门通往大殿后面的小院。墙上以前是有门的，但是很多年前就用砖堵上了。"

"好吧，把你的手下都带到园子里，看看有没有近期开挖过的地方。洪亮，趁这工夫，我们去云隐寺一趟。"

狄公一边出前院，一边说道："洪亮，凶手一定有共犯。帮凶一路拖着沈三的尸体到寺外，把血滴到阿刘的身上，然后把沈三的尸身和另一个死者的头颅在密林里找个地方掩埋——这些事情不是一个人干得了的！两个凶手，动机不明！洪亮，这样的情形实在让人不悦。"

两人过山门，沿着寺院围墙往山顶小路走。

"一旦遇到时局不稳的时候，佛寺里的和尚就会把佛像金身等值钱的物品藏起来，以防被盗。要是紫云寺里也藏有这样的财富，那么我们就找到了一个合乎逻辑的动机。唯一的麻烦是，我从没有听说过紫云寺和什么宝藏有关联！"

"也许有人碰巧在哪本不为人知的古文献中发现了相关记录呢，大人？"

"是啊，很有可能！洪亮，设想一下，这人会不会是雇了三四个混混帮他暗地里在寺中搜寻宝藏呢？如果沈三和另一个死者就在其中。他们想占为己有，那么其他人就有理由对他们生出杀心。这么推断的话，在寺内的翻找行为和杀人之间就有了因果关系。"

小路一直通往紫云寺和云隐寺中间的一片小树林里。狄公停卜脚步，转身回望。

"站在这里就可把紫云寺尽收眼底。从紫云寺后山围墙往下，山势险峻，难怪从紫云寺到山下的这一段山路有这么多的急弯。洪亮，我们须得了解一下紫云寺的历史。回到衙门之后，我想让你去档案室查阅旧日的档案，找出官府下令遣散寺中僧众、清空紫云寺的确切时间。还有当时的紫云寺住持是谁，他去了哪里，有没有什么关于宝藏的传闻。"

洪亮称是。在树林里行不多久，两人便远远看见云隐寺整洁的灰色院墙。云隐寺是一座单殿式中原庙宇。寺庙的屋顶上铺着绿色的琉璃瓦，屋脊呈弧形，弧形尽头的屋檐做成了龙尾挑檐。

两人隐约听见庙内有鸭子呱呱叫的声音，还有连绵不绝的蝉鸣声。

洪亮叩了叩云隐寺朱漆木门上的铜环，又叩了几次，门上的窥视格栅这才打开了。一个姑娘扑闪着大眼睛疑惑又戒备地上下打量着两人，尖声问道：

"二位是干什么的？"

"我们是县衙的，"洪亮说道，"开门！"

姑娘打开庙门，放二人进了石板铺地的小院。显然，她就是班头所说的侍女了，只见她穿了一件青色葛麻短上衣和同面料的宽松裤子。狄公注意到，她虽然相貌平平，但五官颇为秀气，圆圆的脸蛋上还有一对小酒窝。院子里的青石板干干净净，纤尘不染，还洒了井水降温。院子西侧是一个红砖砌成的小屋，东侧是一个连有回廊的厢房，比西侧的小屋子要大一点。院内正后方是云隐寺的正殿。正殿外墙白灰刷墙，廊柱则漆成红色。院子一角有一口水井，水井旁是一个隔板架子，上面摆满了花草盆栽。架子最上面一层有几个瓷瓶，里面插着鲜花，花枝错落有致，气韵生动。狄公看出架子上的插艺与自己几位夫人的风格一致，猜出是出自师太之手。空气中浮动着淡雅的兰花香气。狄公心中暗道，出了荒寺，到了这座雅致的云隐寺真是让人心情畅快多了。

"喂！"那个姑娘不耐烦地问道，"老爷们，你们需要什么？"

"把我的名刺交给师太。"狄公在袖中摸索。

"师太在休息。"她口气生硬地回道，"今天晚上她要进城到县令私邸参加寿宴。若是你们一定要见，我就……"

"啊，不用了。"狄公急忙打断道，"我来就是问问，你们昨天听没听到什么奇怪的动静，或者看没看到什么奇怪的人？昨天半夜，有几个地痞恶棍在下面的荒寺里闹事。"

"昨天半夜？"她嗤笑一声，伸手画了个圈，把整个庭院画进圈内，说道："我要保持庭院的整洁，活都是我一个人干，知道吗？这个云隐寺虽小，但香案上的摆设却很多，都要擦洗清理。我辛苦一天，到了半夜难道还会醒着不睡？"

"所有的采买也是你来打理？"狄公故作好奇地问道，"倘若每天下山和上山都从石阶上过……"

"我每隔七天下次山，买些油盐酱醋和青菜豆腐。鱼和肉我们都不吃——肚子里没有油水，倒霉透了！"

"可我听到有鸭子的叫声。"

她的脸色缓和了一些。

"鸭子是我养的。师太同意我养着那些鸭子，因为可以吃鸭蛋。小鸭子毛茸茸的可爱极了……"她掸了掸身上的灰，突然又问："你们还想问什么？"

"现在没什么要问的了。走吧，洪亮，我们去下面荒寺，看看可有什么进展。"

"真是个伶牙俐齿的泼辣女子！"走到云隐寺和紫云寺之间的小树林时，洪参军言道。

狄公耸了耸肩。

"她喜欢鸭子，至少这点值得推敲。不过，去了一趟云隐寺庙，我还是挺高兴的。云隐寺清雅，说明夫人们看重师太并非没有道理。"

班头和两个衙役正坐在紫云寺正殿前的步道台阶上，热汗淋漓，有些狼狈。见狄公走进外院，班头赶忙跳身而起。

"大人，没什么发现！在下敢说，已经很久很久没有人进那片闹鬼的树林了！那边连路都没有。其他人还正在沿着外墙往林子里走。"

狄公坐到大殿树荫下的大石头上，打开扇子，使劲儿地扇着。

"大人，您之前提过，凶手必定有个同伙。"过了一会儿，洪参军开口道，"他们是否有可能临时做了个担架，把尸体抬下山了呢？"

"有这个可能，但不大现实。他们要冒着被其他地痞恶棍发现的风险，那些人可不是那么容易打发的。我觉得林子里面是最有可能藏尸的地方。"

衙役们陆陆续续回到了前院。众人一个个摇着头，一无所获的样子。

狄公站起身。

"天色已晚。我们该回衙了。班头，把大殿的门封上。留两个人在此看守。注意安排好入夜来换班的人。"

七

马荣换上宽松肥大的裤子，穿起褪色打补丁的蓝布上衣，又用一条旧的红布条绑住头发。这身装束又破又旧，毫不起眼，走在突厥人、天竺人、回纥人等番邦蛮夷聚居的县城北寮，不会引起任何不必要的关注。

去北寮的路很远，但现在是晌午，大多数商铺都还没开门迎客，路上的行人也比较少。他走得还挺快。不过，等走过鼓楼，狭窄的街道就变得热闹多了：住在附近的穷苦百姓三口两口吞掉碗里的面条，他们必须抓紧时间早点上工，好多挣几个铜钱——晚上的饭食还没有着落呢。

味道熏人的贫民窟里，突厥苦力和汉人小贩高声叫嚷着招揽生意。北寮的街上，各色人等摩肩接踵，马荣挤过人群，终于到了图尔比开汤食摊子的那条小巷口。隔着老远马荣就看见了图尔比。她正站在灶台边，责骂坐在灶膛前烧火的大儿子，她的小儿子则拽着她的裙子要往她身上爬。此时时辰还早，还没有吃客上门。马荣溜溜达达地走到她跟前。

"马荣，是你呀！"她开心地喊道，"见到你真是太高兴了。不过，你的样子看起来有点怪唉。你的上司把你撵走了不成？我跟你说了多少次了，你是个大英雄，去当抓贼的官府爪牙真是屈才了。你应该……"

"嘘！"他打断她道，"我这是乔装打扮，有公务在身呢。"

"把你的臭爪子拿开，你个小讨债鬼！"她叫道，一巴掌拍在一个劲儿往她身上扑的小儿子脸上，小儿子立刻扯开嗓子号啕大哭起来。他的哥哥鄙视地看了马荣一眼，往炉灶的火堆里啐了一口。马荣又闻到了熟悉的酸味酥油茶的味道，也看到了图尔比脏兮兮的鼻孔。她的腰身变粗了。马荣心里暗祷，苍天有眼，没让他摊上这些！他从袖中掏出一串铜钱。"这是……"他刚要开口，图尔比手一挥，嗲声嗲气地说："哎哟，羞死个人了，马荣你怎么也跟其他人一样给我钱呀！"如此说着，她还是把钱收进了自己的袖子里。"我当家的白天不在家，我们上楼进屋里去好好聊一聊吧！店里就让我两个儿子看着……"

"我跟你说了，有公务在身！"他赶忙说道，"钱是用来买消息的，这是道上的规矩。我们坐那边的凳子上说。"

"上楼来嘛！"她一脸坚决地抓着他的手，"你会得到你想要

马荣北寮探消息（高罗佩　绘）

的消息的。我懂，我懂！什么公务嘛，搁一边放会儿又没关系的喽……好吧，好吧！换个花样而已！你知道我可想你了，马荣。"她看了看门，飞了个眼色给他。

他把她摁住，让她坐在凳子上，自己也搬了条凳子过来挨着她坐下。

"下次吧，我的心肝儿，我这次时间真的不多，我在查案呢。有突厥人和沈三吵架，是动了手的那种吵架，沈三的头被砍了。沈三是谁？沈三是东门附近的一个地头蛇。"

"我们回纥好男儿才不会和汉人的鼠辈厮混呢。他们说的话也不一样，怎么吵得起来？"突然，她眼睛一亮，问道："马荣，你还记得你之前教我说汉话时候的情景吗？"

"我当然记得了！"他情不自禁地说，"唉！我不是说你们族里的人干了什么坏事，你别往心里去。我的上司不想惹出更大的麻烦。按照他们当官儿的说法，他想维护治下太平。你快想想！来吃饭的人里有没有谁提过在东门外的紫云寺里打架的事？"

图尔比专心地抠着鼻子。过了一会儿，她才慢吞吞地说道："我最近听说的最大消息就是塞外有个突厥部落的头领被杀了。杀他的人和他有世仇。"她飞了个媚眼给马荣，说："你提起紫云寺倒让我想起件事儿。和这里隔着四条巷子的街上住着一个神神道道的女人，她是突厥神婆，名叫塔拉。她是个巫婆，知道过去的事，还能预言未来。就是我们族里的人想要干什么大事都要跟她占卜吉凶。马荣，她什么都知道，真的是什么都知道，但知道归知道，她可不是什么都会说出来。人们现在厌烦她了，说她是故意给出错误的建议。要不是人们还对她忌惮三分，他们早就——"她把手掌横在脖子上，做了一个割喉的动作。

"那地方怎么走？"

"别烧火了！"图尔比冲她的大儿子喊道，"带马爷到塔拉那儿去。"马荣正欲起身，图尔比在他耳边低语道："多留神，马荣！那地方的人不好惹！"

"我会多加小心，多谢你了，心肝儿！"

小男孩儿把他带到一条曲曲折折的巷子里。巷子两边都是些草房。泥土墙上坑坑洼洼，房顶上的茅草铺得马马虎虎。行到半道儿，小男孩儿给他指了一个略像突厥帐篷的大房子，然后提脚就溜了。房子附近只有三个突厥人，他们背靠墙蹲着，眼睛直盯着突厥神婆的家。他们穿着肥大的兽皮裤，腰上系着半拃宽的腰带，肌肉有力的臂膀裸露在外；除了后脑勺上留着一绺长发，脑袋剃得光光的。在中午阳光下面，他们圆滚滚、光溜溜的脑袋泛着光。看马荣过去，其中一个突厥人用一口不怎么流利的汉话对另两个同伴说："她现在竟然连汉人脏鬼也接待！"

马荣极力忍下怒气，把他们的话当成耳旁风，掀开油腻腻的门帘进了屋。屋内没有点灯，他勉强辨认出两个缩着身子的人影。坚硬的夯土地上挖了个坑，坑内正燃着火。那两个人坐在火旁，丝毫没有注意到他。他在紧靠门口的一张矮凳上坐下。刚从屋外强烈的阳光下进来，他的眼睛还没有适应屋中的黑暗，无法辨出更多的东西。屋内凉爽，浮动着异域香料的气味。这香味儿让他想到了一种药材，他想可能是樟脑。背对着他的女人形容枯槁，是个有一把年纪的老妪。她穿着突厥的绒袍，头戴兜帽，盘腿坐在那里，嘴里叽里咕噜的，说话带着异族的鼻音和舌音。她自言自语说了好长一段话。火堆另一边，与老妪面对面的女人似乎坐在一张矮凳上。他无法看清她的身形，她整个人都被包裹在一件看不出形状的曳地长斗篷里。她头上没戴头巾，也没戴帽子，又密又长的黑发披在肩上，遮了她半个脸。看来她就是那突厥神婆了，她正听对面的老妪没完没了地说个不停。

马荣坐在门口，双臂抱胸，耐心地候着。他细细打量着屋子里为数不多的陈设。神婆的身后，靠墙放着一张低矮简陋的木板床，床边摆着两张竹凳。其中一张竹凳上放着一只铜铃铛，铃铛顶部有一个精心铸模打造的铜钮。挨着床的墙上，马荣看到两只睁得溜圆的眼睛正瞪着自己。定睛一看，原来是一幅与真人等高的着彩画像。画像中的金刚凶神恶煞，怒目而视，头发根根竖起，在硕大的头周围形成了类似法轮的光环。他右手挥着一个法器——金刚杵，左手抓着一个用人头盖骨做的酒碗。他袒胸露腹，大腹便便，腰胯上围着一张虎皮；脖间挂着条正在蠕动的毒蛇。不知是火光摇曳的缘故，还是这个凶恶金刚张嘴吐舌的嘲弄讥讽，马荣脑海中如走马灯一般思绪纷纷。他觉得这个凶神不是画出来的，而如雕像一般。凶神身后黑乎乎的一片，他无法确定自己的猜想。

他心中不快，遂将目光移往他处，不再看这令人反感的画像。但见远处的角落里有一堆杂物，侧墙边堆着一摞兽皮，兽皮旁是一只盛水的大铜壶，他不禁有些不安，且越来越强，甚至感觉越来越冷。他抱紧双臂，努力想些有趣的事情。他觉得图尔比到底还没有那么糟糕。改天没事了，他应该去看看她，给她带些礼物。接着，他又想起那个叫玉儿的女子，想到了在黑檀木匣里发现的奇怪留言。她最终有没有得救？她现在可能在什么地方呢？玉儿是个美丽的名字，让人联想到清冷高洁的美。他有一种感觉，玉儿一定是个妖媚动人的女子。他抬起头，那个老妪的声音终于停了下来。

神婆从裹在身上的大斗篷里伸出一只雪白的手，拿起细木棍拨了拨火堆，用冒着火光的棍尖在烟灰里画了几个图案，低声对老妇人说着什么。老妇人激动地点了点头，把几个油光发亮的铜钱放到火堆旁边，嘴里快速咕哝着。接着，她掀开门帘，出门而去。

马荣正要上前表明自己的身份，就看到神婆抬起了头。他猛地又坐了回去。神婆的一双大眼睛正紧紧地盯着他，那正是早上去古董店路上看到的眼睛。她神情冷峻，但极其美丽，双唇没有一丝血色，唇角倨傲地微微翘起，似有讥讽。

"你是来问你的老相好是否还对你余情未了吧，官老爷？"她喉音很重地问道，"还是你的上司派你来查证我是否在装神弄鬼、妖言惑众，是否违反了你们的禁令？"她的官话说得一点语病也没有。看到马荣瞠目结舌的样子，她继续又道："官老爷，我见过你，今天早上你跟在你上司——那个胡须很长的县令大人身后，穿得板板正正，比现在强多了。"

"你眼还挺尖的呀。"马荣低语道。火焰渐渐变弱，他拖着凳子，坐得离火堆更近了一些。突然，他不知道该问她些什么。

"说吧，你为什么要来这儿？不过我先告诉你，我没有收过赃物！不信你自己看！"

她拨了拨火堆，用火棍指了指墙角。

马荣惊诧地张大了嘴。他先前认为的杂物根本就是一堆人骨！骨头堆里有两颗骷髅，似乎正对着他龇牙咧嘴。旁边兽皮上堆着的是一排股骨和断裂开的胯骨，这些骨头已经发黑，看似有了一些年头。

"该死的，这里是墓穴吗？"他害怕地叫道。

"不管走到哪里，难道我们不一直都是身处墓穴之中吗？"塔拉嗤笑一声。"死人的数目比沙子还多，数也数不清。和死人一比，活人又有多少呢？死人已经脱离了骨肉的桎梏，我们这些活在世上的人还在受苦受难。官老爷，对死人你最好要有敬畏之心！好了，说吧，你有什么事？"

马荣深吸一口气。没必要和这个怪女人兜圈子。他干脆不客气地问道："昨天晚上，在东门外，一个叫沈三的恶棍被人杀了。他……"

"你问我这个问题纯粹是浪费时间。"塔拉打断他的话道，"我只知道北寮这块地方和塞外的事情。和这个地方相反方向发生的事，我一无所知。不过，你要是想知道你方才惦记的姑娘的消息，我或许可以帮帮你。"看他一脸懵懂，似乎不知道她在说什么，塔拉接着说道："不是叫图尔比的那个荡妇，官老爷。我指的是另一个人，名字是一种珍贵的石头，是那个姑娘。"

"你竟然知道……玉儿是什么人……住在哪里……"马荣期期艾艾地问。

"我不知道,但我可以问问我的夫君。"

她站起身,将斗篷解开。马荣又是吃了一惊。她身量高挑,体态妖娆,但除去斗篷后,她竟然一丝不挂。

马荣看着她,一句话也说不出来,心中升腾起一种说不清道不明的深深的恐惧,以至浑身不能动弹。这洁白无瑕的身体看起来不像是真的。她虽然身材曼妙,却仿佛远离人间烟火,不可亵渎。马荣害怕了,这莫名的恐惧令他退缩。等他用尽九牛二虎之力终于将目光挪开,这才看清她之前坐着的不是矮凳,而是一堆头骨。

"是的,"她说道,语气里有一种事不关己的冷淡。"这只是个开始。别在那儿做白日梦,把你脑子里不切实际的幻想都丢掉!"她指了指那堆头骨,说道:"那才是结束,把所有空头许诺和虚幻梦想都抛掉吧。"她抬起裸着的脚一踢,那堆头骨遂散开了,在地上骨碌碌地滚动。

她双腿分开,双手叉腰,脸上挂着略有些讥讽的笑容。她垂目盯着马荣好一会儿,马荣被她看得全身直冒冷汗。他躬身坐在那里,大气也不敢出,好像坠入梦中一般。恍惚间,他看见塔拉突然转了个身,从挂在墙上的铁钩上解下一根绳子,悬在发黑房梁上的一块带着图案的帷幔缓缓展开,将屋子隔成两半。她甩了甩头发,走进帷幔后面。

坑里的火似乎就要灭了。他并没有听懂塔拉刚才的话,不过

神婆塔拉指点迷津（高罗佩　绘）

这些话让他感受到一种孤寂无比的恐惧。他盯着帷幔上的奇怪图案，思绪仿佛停滞了似的。忽然，铜铃发出尖锐的声音，瞬间让他从心神恍惚中清醒过来。塔拉开始用一种他听不懂的语言，抑扬顿挫地吟唱起来，声音先是走高，然后渐渐低下来，低到几乎听不到。与此同时，一股糜烂腐朽的气息压过了樟脑的清香，屋内越来越热。马荣汗流浃背，浸湿了短褂。忽地，吟唱的声音变成了一阵低低的呻吟，丁零零的声音消失了。他怒气难抑地握紧了拳头，却又无可奈何，指甲掐进了手掌上的茧子，腹中翻腾搅动。

马荣正以为自己要大病一场时，屋子里的气息猛地变了。樟脑的清新香气取代了之前的恶臭，屋内也没有刚才那么热了。一时半刻，室内安静得如同坟墓一般。塔拉的声音从帷幔后面响起，满是疲惫。

"把布帘拉起来，拉绳缠到钩子上。"

他动作僵硬地起身，照塔拉说的一一办好，半眼也不敢看她。把绳子在铁钩上缠好后，他回身，便见塔拉横身躺在木板床上，头枕着胳膊，双眼闭合，一头长发垂至地上。

"过来。"她开口道，但并没有睁开双眼。

他坐到床尾的竹凳上，注意到她身上微微出着汗，下嘴唇在流血。

"你的玉儿姑娘生于壬子年五月初四，生肖属鼠，死于去年，也就是己巳年九月初十，死因是摔断了脖子。"

"怎么会……谁干的？……"马荣开口问道。

"我就知道这么多。我的夫君也告诉我我的死期。别问为什么。走吧。"

他鼓起勇气。"我命令你，你必须告诉我更多的消息，否则我把你带到衙门去，让你……"

塔拉虚弱无力地伸出手，仍旧没有睁眼看他。

"行啊，缉捕批文拿来。"

马荣说不出话来。她猛地睁开眼，眼睛里布满血丝，似乎是被戳破了似的，毫无生气。

马荣感到恶心得想要呕吐。他跳起来夺门而出。门外阳光强烈，晃得他头昏眼花，一时看不清楚路，竟然撞上了一个瘦子。瘦子正是那三个突厥人中的一个。他们站在街上，挡住了马荣的去路。其中那个高个子突厥人推了他一下："狗娘养的，长没长眼啊！巫女的滋味不错？哈！"

被压抑的怒火和挫败感再也控制不住，腾地爆发了出来。他一拳猛地打在高个子的下巴上，便见那人像木头一样栽倒在地。另两人见马荣怒火满面，一副不好惹的样子，遂撒腿就跑。马荣怒不可遏，在后面狂追。路上的行人见了，赶忙给这个怒容满面的大汉让路。追着追着，马荣脚下一闪，踩入坑内，脸朝下摔倒在地。待他慢慢爬起来，发现自己已经来到图尔比摆摊的那条巷子里。

图尔比站在灶台前，手里握着长柄勺在大铁锅里搅动。从她的身后望去，她正高声斥骂大儿子，大儿子在扯他弟弟的头发，扯得他弟弟尖声大叫。

马荣的怒火渐消。这烟火气十足的市井情态使他心中觉得温暖舒适。他看了看天上的太阳，下半晌的时间还没过去，先喝碗热汤垫垫肚子吧……他草草拂去脸上的土灰，咧嘴笑着朝图尔比走去。

八

　　狄公私邸里张灯结彩，宽敞的宴厅内明烛高照，灯火通明。一群侍女正穿梭在前院的花园里，往矮树枝上挂彩灯。大夫人身着广袖金线绣纹紫色织锦长裙，正送别来参加茶会的女宾。待最后一位女宾走远，她略带焦虑地看了一眼通往县衙的后门。老管家先前来报，说狄公半个时辰前就已经回衙，可直到现在也不见他回府。她转身对弱柳扶风、身着素色罩纱曳地长裙的三夫人说："盼着夫君能及时赶回来，好迎接师太，晚宴再有半个时辰就要开始了！"

　　此时二堂内，狄公和洪参军、马荣的碰头会正渐进尾声。狄公靠坐在扶手椅里，手指捻挲着慢慢梳理着黑色的长须。银质烛台上的烛火摇曳，照着他憔悴不堪的面容。天气炎热，在荒寺里忙碌了一个下午，回来又在档案室里查了半天档案，洪参军已是疲惫不堪。他蜷着身子坐在角落的竹椅上，细瘦的手搭在膝头，手里无意识地将那张记有文字的纸笺打开又合上，合上又打开。马荣坐在狄公对面，愁眉紧锁。狄公跟他说起搜寻荒寺的经过，他也把去突厥神婆家的前后经过细述一遍。狄公让他把神婆的话一字不落地复述了一遍。尽管在图尔比那里摆脱了对女人的惧怕，但再也不能爱上女人的隐忧仍然挥之不去。在细述完他和塔拉的惊悚会面后，他还是感到惴惴不安，尽管他不愿意承认这一点。

听完马荣的描述，狄公这才说道：

"那个叫塔拉的女人所说的一切，我没有什么好评说的。那些话来自一套下流无耻、背信弃义的教理，与圣人言论格格不入，为正人君子所不齿。至于那个叫玉儿的姑娘，突厥神婆的话令人惊讶。但是，马荣，她的伎俩也很容易被拆穿。在她和老妪说话的时候，你正全心全意地想着玉儿，她和其他做类似营生的人一样，从某种程度上说，他们多少都会些类似读心术的本事。他们说话说得准，有一部分原因也是因为有这个本事。至于她怎么知道玉儿姑娘的生辰八字并断言她已经不在人世，我也不敢胡乱猜测。"

"我们把这个可怕的女人抓起来吧，对她用刑，谅她也不敢不招！"

狄公从桌上拿起一张公文纸，用红笔勾填好缉捕批文，然后盖上衙署大印。他摇了摇头，说道："抓捕她这样的人是我职责所在，但能不能抓得住不好说，我不抱什么希望。当然，她完全明白，抓捕她的批文很快就会发出来，更别说这个时候她在北寮的族人也想除掉她，此刻她可能正在逃往突厥部落的路上。无论如何，先把缉捕批文给班头，让他去抓人吧。马荣，你去告诉他塔拉住在何处。"

待马荣离开，洪参军问狄公道："大人，塔拉为什么要告诉马荣这些信息呢？"

"我也不知道她葫芦里卖的什么药！不管怎样，我们现在已经知道，黑檀木匣里的留言并不是在开玩笑。至于留言的真正含义……"狄公脸色严肃地看了看黑檀木匣，说话的声音越来越小。木匣已被他当作镇尺用了。烛火映照下，匣盖上玉片发出的光芒似乎带上了一种不祥的意味。

狄公捋捋胡须，视线重又投向桌上的案牍。很快，他又看向那只黑檀木匣，如此反复多次。

等马荣一回来，狄公便直起身子坐了起来。

"马荣，拿纸笔来。"他直截了当地吩咐道，"我说你写。"见马荣蘸好笔，狄公说道："告示，'有一女名唤玉儿，于己巳年九月走失，有认识该女子且知悉女子家事者，即日起可速向衙门禀报。兰坊县衙，狄仁杰。'告示内容就这么些。马荣，把这份告示拿到前衙交给书吏抄上几十份，今晚便在城内各坊张贴出来。至于黑檀木匣里的这个无解之谜，广而告之是我能想出来的最好办法了。"

他又靠坐回椅内，语气轻快地对参军说道："洪亮，把你查到的有关紫云寺的情况对马荣说一说。"

洪亮把椅子搬至烛台旁，看了看膝头的记录后，开口说道："二百八十年前，天竺僧人建造了紫云寺，建寺的资金是兰坊番邦商会筹集的。那时的兰坊，番邦商会云集，甚是繁华。边疆战乱丛生的时候，紫云寺也受到了波及，历经磨难。即便如此，佛寺的讲经和法会等法事虽有中断但不久总能重开。然而，三十年前，塞外来了三个比丘和三个比丘尼，他们都是佛教新教派的传教僧尼。他们在紫云寺挂单安顿了下来。有僧侣受他们蛊惑，改信了新的教派。其余僧众，有的深恨他们无耻，不屑与他们为伍，遂一走了之；留下来的僧人都成了新教派的信徒。这些新教派的信徒里有突厥人，也有汉人。新教派的教理像野火一样在蛮夷各族间迅速传播。兰坊县里的蛮族人纷纷到紫云寺奉香朝拜。大约十五年前，一些德高望重的乡绅向衙门告发，说寺中举行秽乱淫恶的法事。当时的县令随即着手调查。经过周密的查证，罪名坐实，紫云寺的住持最终被披枷戴锁押往京城受审。之后，寺内所有的画轴、塑像和财物都被堆在菜市口焚毁了，寺中的僧众也被逐出了兰坊。"

"真是国之栋梁啊！"狄公赞道，"对这种恶行，就得这么办！"

洪参军又扫了一眼自己的笔记，接着又道："这些雷霆举措在突厥人中引起了极大的骚动，当时甚至有人想持械冲击衙门。为了平息事态，也为安抚暴躁的信徒，县令选了重回佛门正道的一僧一尼，准许他们在山上另建一座云隐寺，让他们从事朝廷许可的佛教法事。然而，前来拜佛的信徒越来越少。几年之后，庙里的比丘尼离开寺庙，云游去了。又过了一段时间，比丘也圆寂了。于是，官府封了云隐寺。两年前，兰坊西面番邦属国到我朝献岁纳贡的通路改道至兰坊以北，兰坊境内的番邦蛮夷也少了许多。去年，兰坊县令本有意拆掉云隐寺。可县里有名的常金匠突然病故，因身后没有子嗣，他的遗孀——一个虔诚的佛教徒便皈依佛门，做了出家人。她请求官府将云隐寺让渡给她，作为她的清修之地。去年秋天，也就是己巳年九月十二日，云隐寺便交给了常师太。我查到的就是这些了。"

"甚是有趣。"狄公评道，"但是，马荣，这些并不能帮我们明了目前的处境。之前我推测的宝藏，我们仍一无所知，更找不到相关的记载。"狄公叹息一声。二堂不是很大，大家听了，谁也没有再说话。过了一阵儿，马荣戴上帽子，说道：

"既然去北寮没查到和杀人案有关的线索，那我想今晚去东门一带碰碰运气。大人以为如何？那边有很多物美价廉的食肆和酒馆。沈三是道上有名有号的人物，不难找到熟悉他的人。如此我便可以从他们口中探听些沈三的事情。"

"可以。"狄公说道，"那边必定有丐帮的头目，他应该知道那些暗地里发生的事情。马荣，你去和丐帮头目打听一下消息。"

"遵命，大人。另外，关于失踪的沈三头颅和另一名死者的尸体，我相信还埋在紫云寺的林子里。尽管班头和衙役们还没有找到，但以我在绿林中闯荡行走的经验，黑夜里的树林将和白日里大不相同。衙役们白天搜索时极有可能忽略了一些线索，而这些被忽略的线索在夜晚时会清清楚楚地显现出来。大人，我今晚还想去趟紫云寺，以杀人凶手的心态去搜搜看。"

狄公缓缓地点了点头："嗯，马荣说得很有道理。好吧，那就试一试！我留了两个衙役在山上把守。他们可以帮你引路。别忘了裹上绑腿，听说树林里有毒蛇出没。"他站起身，又道，"我也要稍微洗洗，然后更衣到寿宴上去。"

两刻时后，狄公已换上广袖金线绣纹绿色织锦礼袍，戴上峨冠，来到宴厅。他出现的时间不早不晚，刚刚好。此时大夫人正引着师太进门，两人身后跟着二夫人和三夫人。

狄公快步迎上前去。他深施一礼，"感谢师太赏光赴宴，甚感荣幸。"身穿明黄色袈裟的师太双目低垂。她双手合十，神态谦和，连连施礼致意，感谢狄公邀她赴宴。虽寥寥数语，却用词典雅。狄公好奇地打量一下师太，直到今天，他见师太的次数并没有几回，只记得她个头似乎挺高。那还是她来狄府教夫人们花艺时的匆匆一瞥，当时她正从县衙往私邸而来。狄公知道，她年约四旬，虽然过的是青灯古佛、静修参禅的日子，但容颜依然俏丽。师太戴着黑色的兜帽，布巾遮住了她的头和肩膀。她鼻梁高挺，嘴唇比较薄，给人以心志坚定的印象。

众人在大理石八仙桌旁的檀木雕花矮凳上坐下。此时宴厅的六扇门已全部打开，晚风吹进厅内，带来习习凉风。坐在厅内，众人见小花园内流光溢彩，喜庆的灯笼照在深绿色的枝叶上。两名侍女上前为众人奉上茉莉香茗，另有一名侍女端上放有蜜饯和瓜子的小碟。三位女眷和师太都恭谨地等狄公先说话。

"师太，"他开口说道，"今晚本县略备薄宴，都是些家常菜肴，还望能合师太的胃口。"

"县尊言重了，聚会的意义不在于美馔佳肴，而在于友朋相会。"师太严肃地说道，"贫尼要向您表达最诚挚的歉意。今天下午，贫尼的侍女春云言行无状，对您实在是太过失礼了。县尊到了云隐寺，她本应该立即向贫尼通报，这是她的本分。她是个无知的乡野蠢妇。贫尼已然责罚过她了，不过……"说着，她向狄公起手致意，但见她手臂圆润，手腕上戴着一串水晶念珠，行动间，念珠相撞，发出悦耳的声音。

"些许小事，何足挂齿！"狄公安慰师太道，"下午只是想和您确认一些事情。昨天晚上，几个地痞恶棍在荒废已久的紫云寺捣乱生事，他们是可曾打扰到您？本县在云隐寺时，您的侍女说，她既没看到也没听到任何异常。"

师太抬起头，一双静谧无波的大眼睛直望着狄公。

"很久以前，曾有邪门歪道的教派在那座寺庙里兴风作浪，带着那些误入歧途的信徒举行亵渎佛门的法事。我佛无量，以慈悲为怀，即使是那些异端教徒也能受到佛祖的点化。"她伸出雪白的手，端起茶杯，啜了口香茶。"对于贫尼的侍女，贫尼怀疑她并没有将她知道的告知县尊。"听到此处，狄公不禁一惊。只听师太又道："她总和从云隐寺下面树林路过的地痞流氓搭讪，贫尼怀疑她不贞。一天晚上，她和一个破衣烂衫的乞丐在云隐寺门口有说有笑，被贫尼当场抓住。贫尼用藤条狠狠抽打她，但不确定这样的惩戒是否有用。"她一粒粒地转动手腕上的水晶念珠。

"您不能再留下那个侍女了！"大夫人惊呼。她转头对二夫人说："你去问问和你一同修佛的官绅夫人们，也许她们可以替师太找到合适的侍女。"

二夫人略带尴尬地看了狄公一眼。到兰坊不久，她就做了居士，也就是不出家的佛门弟子。她识字不多，佛家的教义简单易懂，各种仪式和活动也很有意思。对她来说，这些都很有吸引力。尽管狄公并不曾反对，但她知道，他也并不怎么高兴。但是，此刻狄公并没有在意此事，他在想其他的事情。侍女春云和那些地痞流氓打交道，显然是因为她生活太过沉闷，想找些乐趣罢了。也正是因为如此，她或许能提供一些有价值的信息。

"本县已命护卫马荣今晚到紫云寺一趟，仔细勘查勘查。"他对师太说道，"也许他会到云隐寺找师太的侍女问话。"

"大人，若是能当着贫尼的面问，可能会更好些。"师太一本正经地说，"她若是与您的属下单独见面，可能会……呃，使你的属下分心。"

"当然了，本县会……哈哈，孩子们来了！"

乳娘领着狄公的小公子和小千金进了宴厅，那最小的孩子只有三岁，长得虎头虎脑，被乳娘抱在怀里。大夫人带着孩子们见过师太，管家进来禀道，说可以开宴了。

众人走到宴厅一侧的大圆桌旁，狄公坐在主位，他身后是一张靠墙而立的雕花条案。条案上方的墙壁上挂着一幅巨大的卷

狄府寿宴邀来云隐寺师太（高罗佩　绘）

轴，上面正是他中午挥毫写下的"寿"字。他请师太右首上座，大夫人则在他左首就座，二夫人和三夫人则在对面依次坐好。大夫人命乳娘带着孩子们回去，然而小公子看见她插在金簪上的鲜花，伸手要去抓，不愿意离开。大夫人只好让乳娘留下来，抱着小公子站在她身后。

众人品尝桌上的开胃凉菜时，管家端上第一道热菜，一盘煎豆腐。大丫鬟为众人斟满酒。狄公举杯祝酒致辞，晚宴这才真正开始。

九

大致与狄公和夫人们饮宴的同时，马荣来到关帝庙后街卖粗劣酒水的酒馆柜台前。看到衙门的公差来了，酒馆里两个扛大包的苦力匆匆付了酒钱就走。酒馆掌柜，一个敞着上衣、露着胸毛的高个子莽汉走上前来，把一只挂在酒馆堂前的油灯挪到了堂后。

马荣明白，是自己头上戴的县衙差役的黑帽子，惊吓到了酒馆里吃酒的客人。他从袖中掏出一把铜钱摆到柜上，向那莽汉要了一碗酒。掌柜正要伸手搂钱，马荣迅速提起蒜钵儿般大的拳头压住铜钱。

"别着急，好汉。这钱可不是那么好挣的！我想跟你打听打听沈三这个人。他昨晚被人杀了，你认识他吧？"

"怎么不认识？又一个出手大方的客人没了！他本来很快就能比以前还要大方。几天前，他跟我说，他要干一票大买卖，能挣到大笔银子！"

"这买卖里可有突厥人的分儿？"

"有个鸟！沈三不是你们嘴里说的良民，但他和那些番邦杂种可是路归路、桥归桥，尿不到一起去！"

"那他是在给谁跑腿？力气他有一大把，但脑子可没多少，论单打独斗，他可干不成什么大买卖。"

店掌柜耸了耸肩。

"我感觉像是去勒索什么人。这种活儿沈三一个人完全能应付！"

"那你知道他要勒索的是谁吗？"

"这我可不知道！沈三是个嘴上没把门儿的人，但具体干什么买卖，他一点口风也没露，只说会有大笔的银钱进账。"

"那杂种家在哪里？"

"他居无定所，三天两头换地方，近来倒是常在紫云寺过夜。再来碗酒？"

"不用了。你说被他勒索的那个人会不会也住在紫云寺里？"

"你发癔症了吧！紫云寺里有什么人可以勒索，我问你，是那个一身孝的女鬼吗？"他往地上啐了一口。

"丐帮头目大概知道。现在的头目是谁？"

"没有谁，官老爷。穷老百姓要想在兰坊城里讨生活，难！

先是钱沐那个狗娘养的杂种和他的狗腿子，使尽了手段，把城里大大小小的生意都抓在自己手里。后来，又是那个黑胡子的狗——说错了！说错了！嘿嘿，我自己掌嘴！我的意思是，现在的县令大人接管了兰坊，他明察秋毫，好智谋，好手段！好家伙！我还没回过神来，钱沐那贼就被拿下了！听着，官爷，行个好，走人行不？你在这儿，我的生意都没法做了。你要是想找人侃大山，去找老丐王吧。"

马荣把铜钱推过去给他。

"你刚才还说没有丐帮头目这么个人！"

"是没有呀。不会再有了。丐王以前是个很不好惹的客人，真正铁塔一般的大汉。我觉得他有突厥的血统。他是道上的老大。不过嘛，他现在老了，人一老就不值钱了，胆气也大不如前了。兴许他在地底下哪个旮旯里猫着呢。多谢你的酒钱了，但是不到万不得已，你还是别光临小店了！"

马荣嘟囔着离开酒馆，心中暗想，沈三的勒索就是两桩谋杀案的杀人动机。紫云寺里藏着的东西可能就是一堆敲诈信。被勒索的人先是想找到那些写有他把柄的敲诈信，寻找无果后便杀了两个勒索他的人。

马荣花了半个时辰，又走了四家酒馆。临出酒馆前，他自言自语地说道："真希望乔泰能在这里。有个聊得来的朋友，一起说说话，差事办起来也会容易得多。真想知道乔兄在京城忙些什么。我敢打赌，他定是又看上了哪个小娘子，但人家小娘子未必看得上他！唉！灌了一肚子的黄汤，什么有用的也没探听到。大家都说，沈三只会逞凶斗勇，为人并不精明，除了阿刘并没有其他的朋友。我也不指望从那个叫丐王的人那儿能得到什么有用的消息。貌似他是个黄土埋了半截身子的人了，苟延残喘，身边只有一个旧日心腹陪着他。我应该……"

他四下张望，看到一个瘦高个子追赶过来。此人正是画师李勃。

"李掌柜？你怎么会到这么偏的地方来？"

"哦，是马爷啊，小生的助手杨生到今天都没回来，小生实在有点担心。他平日好喝个酒，但每次去喝酒总会提前跟小生打好招呼。小生想着到这边的酒馆来找找，看看能不能找到他。您这是上哪去？"

"我要上山去紫云寺。回头你若是找不到杨生，就告诉我一声，衙门有一些法子，可以试试。回头见！"

马荣溜溜达达地走到东门，向守门的兵卒借了一盏小的风灯，然后便来到城外一家路边摊前，随便吃了点东西。他整理好心情，踏上通往紫云寺的山阶。此时，夜幕降临，暑热消散，可他仍爬得浑身酸痛，汗如雨下。

"真奇怪，他们怎么总是把寺庙修在这么高的山上？"他自言自语地抱怨道，"照我看，是为了离天上的神仙佛祖更近一些吧！"

刚走到紫云寺山门前的空地，就见两个衙役从一棵柏树后面跳了出来，手挥长棍向他冲来。认出来人是马荣，两人赶紧上前抱拳行礼，说他二人一直在此值守，马荣是第一个上山的人。见两人尽忠职守，马荣甚是满意。他认出其中一个是小方，知道他是个聪明机灵的小伙子。

"我要去寺里勘查。"他对两个衙役说道，"你们就待在此处，要是我需要帮忙，我就吹口哨招呼你们，要是你们发现有什么可疑人物，就抓住他，然后也吹口哨来通知我。"

他穿过山门，在紫云寺前院流连了一会儿，并没有查到什么。一轮满月挂在天上，洒下满地清晖，照得寺内惨淡一片，越发显得荒凉凄清。

"西边的园子肯定大得没边儿！"他自言自语道，"嗯，我得好好合计合计。我要先到大殿里瞅上一眼，再把我自己想象成凶手：有一具无头尸体没有处理，手上还提着一颗人头。"

他走上正殿前的台阶，发现狄公来山上转过一圈后，班头已经把六扇殿门全部用封条封起来了。他撕掉封条，用力晃动又旧又破、翘曲不平的隔扇，直到将其中一扇门推开。正要进入殿中，他突然停住了脚，一动不动地站在那儿。他听到从后殿传来一声关门的声音，随后殿内很快又归于沉寂。他忍下就要骂出口的脏话，用火折子点亮风灯。他高高举起风灯，进入殿内。灯光照亮了粗大的石柱和大殿尽头的巨大供桌。他快步走到供桌旁的一扇小门前。因为刚才的关门声似乎就是从这儿传来的。他推开门，见门下有两级台阶，通往狭长的后院，院中并没有人。

"明摆着，班头应当把这扇门也封起来的！"他发句牢骚，又道，"但也可能是我听错了。"他用力吸了吸鼻子，忽然心生警觉。他在殿中闻到了腐朽糜烂的恶臭，和他在塔拉家中闻到的一模一样。"天呐,难道尸体和人头就藏在这里?大人没有搜查这里,因为石板地上蒙了灰,并未发现任何异样。"他把风灯举过头顶,看向殿内的屋梁。"门口上面的洞穴里有没有呢?要是有架梯子就可以把尸体放到那里。凶手有一整晚的时间,足够他把尸体放上去!"

马荣将大殿中央的两扇隔扇打开,在门脚放上两块平坦的石头,挡住隔扇,又把风灯挂在腰带上,一脚踩在殿门棂格之间的空隙里,一手抓住门板上沿,提身跃上门板,然后两腿叉开,站在两个隔扇之上。他一抬头,正好看到黑咕隆咚的洞穴。一个黑色的东西撞到他的脸上,让他差点没站稳掉下去。

"该死的蝙蝠!这种地方能装下上千只蝙蝠,两具尸体也不算什么。但是洞里没有尸体,也没有人头。里面的气味也和刚才在大殿里闻到的不一样。"

他从隔扇上跳下来,吹灭风灯,站在门口,看着门外庭院东侧的园子。

"那边的古柏树根凸起,一定就是阿刘靠着呼呼大睡的那一棵了。倘若我是凶手,我把尸体往肩上一扛,走下台阶,到了院子里。人头用围领包住,提在手上,或者我把这颗珍贵的人头交给了我的朋友。然后……"

他突然闭上嘴,两眼直勾勾地看向柏树后的草地。他抬手擦了擦额上的冷汗。

"我发誓,我看见一道白色的身影飘了过去!有可能是个女人。她个子蛮高,白衣曳地。跟上她,看看有什么鬼!"

他一路追过去，跑过古柏处，但那里除了密密麻麻的野蔷薇外，并不见有什么。

"鬼影跑哪……"他刚要开口便打住了，低头弯腰看向折断了的花枝。他小心翼翼地分开低矮的枝叶，咧嘴笑道："是了！这里有条路。不对，我应该说这里以前有一条路，只是现在长满了杂草。"

他伏下身子，在地上匍匐而行，头上枝干相连，身下杂草丛生。作为一个老江湖，他知道，这是一条被杂草掩盖起来的旧路。没过一会儿，他便能站起身来。他继续往前走，不发出一点声响，时不时地停下来，侧耳细听。但是除了蝉鸣声和夜行动物偶尔一两声的鸣叫，他没听到其他的动静。他点亮风灯，细细勘查灌木丛，但见几片叶子上沾有暗色的血迹。他的想法没错。

这条罕有人至的小路在高大的林木间蜿蜒蜒蜓，直通向一块小小的空地。行至空地，马荣发现此处有一个岔口。

"我敢说，这条岔路一定通往紫云寺后山。"他嗅了嗅四周的气味，树叶腐败、沤烂、潮湿的空气中有一丝淡淡的清香。"是杏花的味道！前面一定有杏树！我选东侧这条路。"

往前又走了一小会儿，他见前面有一口古井，周围便是高大的杏树。白色的花瓣落在长了青苔的石头上，如同落了雪一般。古井另一侧是浓密的灌木丛，再往前便是一堵高墙，墙壁坍塌，大片墙体倒在地上；墙上露出几尺宽的豁口，墙根下是一堆碎砖和大石块，上面杂草蔓生。

他抬头远眺，透过杏树枝丫，便可见紫云寺大殿西侧的佛塔。这让他知道了自己所处的方位。

"这口枯井的位置定是在该死的紫云寺花园的后方，是离寺最远的角落。咦，那个美丽的鬼影哪儿去了？她要么是从墙上的豁口跑了，要么就是走了前面的那条岔路。总之，那女鬼不在这儿。我的心可以放到肚子里啦！"

他心中颇不自在，所以大声地自言自语着。在这个世上，他独独害怕鬼神精怪这类东西。他眼睛扫过黑乎乎的树林，但树林中并没有什么异动。他耸了耸肩，回头看向古井。

"这真是个抛尸的绝佳之地！没错，看看井沿上的黑点！沿着砖缝也有！是红得发黑的人血！"他俯瞰井内。"井太深了，我估计能有两丈深。井上的藤蔓太多，井绳也烂得够呛，不过我敢说，挂个风灯还是可以支撑得住的。"

他将井绳一端绑在风灯的提手上，将风灯缓缓放入井中。厚厚的藤蔓下面，便是沿着古井内壁砖缝向井底深处攀缘的藤茎。沿着井壁向下，砖壁大片大片地脱。他集中目力，看向井底。

"除了石头和杂草，什么也看不到！"他失望地嘀咕道，"但是尸体肯定就在井下。"他飞快地将灯笼从井中提出来，别在腰带上。之后，他攀上井沿，紧紧抓住一根粗壮的藤茎，试探着用脚在井壁上寻找落脚处。他虽然功夫了得，但每一个动作也要小心，因为井壁很多地方一踩上去就会有旧砖掉下去。终于，他下到足够的深度，遂一跃跳到井底的杂草上。突然，他猛地跳到一边，感觉右脚好像踩到了个软软的东西。他弯腰一看，脸上露出开心的笑容，原来踩到的是一条人的腿。他拨开杂草，便看到一

马荣夜探紫云寺（高罗佩　绘）

具又高又壮的无头男子裸尸，尸体后背朝上，满是刺青。

马荣屈身蹲下，举高风灯，照着尸体背上的刺青图案，绿色、蓝色和黄色的文身色彩鲜艳，甚是繁复。

"这家伙肯定花了不少钱！"他心想，"虎头文身布满了后背肩头，想必这个图案原是为了保护他免于被人偷袭的吧？可惜了，看来这次没什么用，那致命伤恰好是左肩胛骨下的这一刀。他是沈三无疑了！瞧瞧这胳膊腿上鼓鼓囊囊的肌肉！哎呀，另一个死者的脑袋呢？"

近似圆形的井底地方不大，他搜了个遍，也只找到一捆蓝色的衣物，其他什么也没找到。井底有块地方砖石塌了一大块，在井壁上形成一个高约四尺、深约三尺的佛龛形状的坑洞。他蹲下身，伸风灯往里边照了照，便见一只鼓着眼睛的大蛤蟆正瞪着自己。

马荣耸了耸肩。"这么看来，凶手是把人头带回家了。嗯，好吧，我还是先上去吧。让衙役们拿绳子和担架来——我的老天爷呀！"

突然，一块巨大的墙石落下来，差点砸中马荣的左肩。只听砰的一声，墙石正落在沈三的背上。电光火石之间，马荣踢翻风灯，团起身体，躲进旁边的壁穴里。他双腿并紧，身子一缩，双臂搂腿，下巴抵住膝盖，刚刚好躲进壁穴中。

接着，又有墙石一块接一块地砸下来。

"住手，你个笨蛋！"他叫道，"啊……你砸到我肩膀了！停下……"他佯装疼得连声大叫，然后低声呻吟。接着，更多的砖块被扔了下来，到后来甚至有带着苔藓的石头砸下来。有一块石头砸到井壁上又弹了回去，正好砸中马荣的左脚。他好不容易才忍住疼痛没发出声音，但紧接着又有几块砖落入井里。之后，一切又归于平静。

马荣在壁穴里躲了很久，直躲得浑身麻木。他竖起耳朵仔细听着上面的动静，直到很久都没有声响了才从壁穴里爬出来。他揉搓僵硬的双腿，盯着井口，确定上面没有异常后，才捡起风灯点亮。

沈三的尸体被压在几尺高的石头砖块下面。

"沈三，我们晚点再把你弄上去。把你刨出来的活可不轻松呀。"他小声嘟囔道，"不过现在嘛，我要先踩着石块爬出去。等出去了，我要好好看看，到底是哪个好心人往下面扔了这么多石头在你身上。"

十

县衙牢房的厢房桌子上放着的是沈三被砍去头颅的尸体。狄公身着睡衣站在桌旁，头发仅用布条简单扎了个髻。他细细勘验着尸体，马荣则手举烛台站在一侧，衣衫破烂，沾满泥浆。

此时天已过子时。晚宴结束，待师太起身告辞后，狄公和三位夫人摸了几圈骨牌。之后，狄公便和大夫人相携着去了卧房。他们在卧房里喝茶消食，兴致盎然地聊着结缡二十载来的种种情状，聊着聊着酣然睡去。管家急切的拍门声惊醒了狄公。管家让房内值夜的丫鬟禀告，说马荣回府，有紧急案情要禀。见到狄公后，马荣赶紧带他去往大牢厢房，并向他叙述了发现尸体的经过。

沉默良久，狄公抬起头。

"这样就说得通了，沈三脸上为何没有显出被勒死后的痛苦表情。"他道，"刺在他后背的这一刀是致命的一刀，而另一个死者则是被勒死的。马荣，那个置你于死地之人是怎么跟踪你的，你可知晓？"

"县衙的班头就是头笨驴，他没跟衙役小方他们说，后山还有一条路可进入寺中。不过，我也没聪明到哪儿去。"他心里颇不是滋味儿，"下井之前，我应该先看看身后有没有人。井对面的寺院外墙上有个豁口，歹徒肯定是从那个地方发现我的。当时我在大殿时，他也许就在里面。我仿佛听到供桌边的小门被人关上，但又不能确定。两个衙役从井里往外搬尸体的时候，我去看了紫云寺的后院，发现那里沿着外墙有一条小路。凶手一定是顺着那条小路去到古井对面的外墙豁口的。他不可能在花园里就跟着我，否则我会听到的。以我的本领，这点不在话下。"

"你刚才还说见一个白色的人影闪过？"

"哦，那个嘛——"马荣有点不大自在地说，"大人，想必那是月光太亮的缘故，我看花了眼。要知道，鬼魂可不会扔砖头！"

狄公俯身细查沈三背上的刺青图案。

"沈三后背上伤痕累累，全是那偷袭之人扔下井的石块砸出来的。"他说道，"如沈三之流，皆深信鬼神之说。虎头文身之下是一对象征恩爱白头的鸳鸯。鸳鸟之下是他的名字，鸯鸟之下——天，马荣，把烛台挪过来一些！"狄公指向沈三腰臀处的一块蓝色文身，那片文身要比背上的图案小一些。"看这里！这是和紫云寺有关的文身！可惜这块皮肤被砸得太狠了。不过，我倒是能认出文身下面的四个字：'多金多福'。"

狄公直起身，看着马荣说道：

"马荣，现在我们清楚凶手为何要调换尸体了！根源就在沈三后背的文身上！沈三在找藏于紫云寺内的黄金，凶手也是如此。"

"大人，傍晚的时候，我在城里跟人打听过。那人说，沈三似乎在勒索什么人。"马荣大略说出寺里有勒索信的猜想。他又道："这种情况下，'金'指的就不是藏于寺内的黄金，而是沈三有可能勒索到的金钱。"

"这种可能性当然有，这一点先暂且记下。马荣，虽然案情很复杂，但至少可以先排除此案有突厥人参与的可能。我们知道，沈三是被刺中后背要害而死，而另一个死者是被绳子勒死的。他们是死后才被凶手砍下的脑袋，即使凶器是突厥人的曲柄斧，凶手也无须用什么技巧，只要有力气就可以做到。"狄公想了一想，又道："怪哉，凶手为何没有把另一个死者的头颅也扔到井里？你刚才说里面只有一捆衣服？"

"是的，大人。我放在墙角了。"

"好。把衣服拿到二堂。马荣，出来把门锁上。"

两人沿着大堂外的廊道往二堂走，只听见沉闷的脚步声在破败的廊道里回响。狄公问道："马荣，都有谁知道你找到了尸体？"

"大人，除了小方，还有一个衙役，再没有旁的人。我嘱咐过他们，让他们别跟衙门里的人说我找到了尸体。我们用被子裹好尸体后才送回的衙门。对守城的士卒，我们也佯称是在树林里找到一具流民的尸体。"

"很好。就让凶手认定他已经将你杀死了，瞒的时间越长越好。明天天亮之后，你和小方最好先将沈三的尸身和他被割下的头颅放在一起火化掉。沈三虽是个恶棍，却也应当体面地去下葬。"

回到二堂，狄公疲惫地在扶手椅上重重坐下。马荣用手上的烛台点亮书案上的灯烛。"对了，大人。"他对狄公说道，"我今晚在紫云寺大殿里闻到一股恶臭。那味道让我想起在塔拉那个恐怖女人家里闻到的腐臭味。"

"下午在大殿时我并没有闻到什么怪味，那定是死蝙蝠发出的臭味了，殿里有很多蝙蝠。说到那个窝厥女巫，今晚寿宴之上，班头回来说没有抓到塔拉，正如我所担心的那般。她要么是跑了，要么就是躲起来了。衙役们在北寮搜了个遍也没有搜到人。北寮那边的百姓都很配合官府的搜查。他们显然对那个突厥神婆又怕又恨。倘若我们抓了她，他们反而会称心的。你是了解那些番邦人的。神婆巫祝的预言灵验的时候，那些番邦人就会把他们奉若神明；而一旦预言没那么准了，他们就一副翻脸无情的样子。若是北寮的突厥人胆子够大，他们没准会杀了那神婆。马荣，劳驾看看茶壶里是否还有热茶？"

马荣为狄公斟了盏茶，狄公接着之前的话题继续又道："师太在晚宴上说，她的侍女曾经和去紫云寺过夜的流氓赖子搭讪，是个性情轻浮的姑娘。马荣，你须得去趟云隐寺，向那个侍女探探消息，不过别让师太知道。师太曾说，若是想找她的侍女问话，她也须得在场。但是，倘若师太在场，那姑娘绝对一句实话也不会说。"狄公放下茶盏，想要打个哈欠，不过硬是忍住了。"好了，我们来看看那捆衣服。"

马荣展开包成一团的衣裳，里面有一件干净的蓝色短褂，一条裤子。他把两件衣服铺在自己刚才坐的椅子上，手伸进袖子里摸了摸，又顺着衣缝捏了捏。"大人，衣服里什么也没有！凶手没给我们留下任何机会！"

狄公捋着胡须，盯着两件衣服陷入了沉思。忽然，他抬头看向马荣，道："你之前跟我说过，李画师的助手杨生失踪了，李劼正在找人。早上裁缝说，杨生和一帮地痞无赖混迹一处，是个酒囊饭袋。阿刘从前告诉过我们，沈三和一个店伙计模样的高个子男人私下里谋划着什么。我有一个大胆的猜测，当然，尽管是猜测，却也不是无的放矢。这个还无法确定身份的死者不是别人，有无可能就是下落不明的画师助手呢？"

"这个——"马荣想了一下，对狄公说道，"明天可以传唤李劼到衙门，让他辨认一下尸体。画师的眼神都很敏锐，也许他能通过手掌和身材的大致状况认出……"

狄公举手打断道："不，在黑檀木匣的谜团没有解开之前，我还不想让李劼掺和到案件中来。马荣，那边几案上有个水盆，去打点清水过来。"

不明就里的马荣老实照办。狄公又吩咐道："端过来水盆，放到我面前。好。短裤拿来，举到盆的上方，我拽这头，你拽那头，用尺子拍打。"

马荣拍打短裤。狄公把烛台挪到近前，细细观察落入水中的灰尘。过了片刻，他抬起手，道："行了，现在看看裤子!"马荣用长木尺奋力敲打了一会儿，狄公说："可以了。来看看有什么落在水里。"

他探头看向水盆，仔细观察水里有无异样。"不错。"他满意地说着，回身坐到椅子上："的确是杨生。你瞧，水面上这些灰色的漂浮物都是寻常可见的灰尘。不过你看到沉到水底的细小颗粒了吗？这边两颗微粒的周围有红色晕团，红色正向四周晕开。这儿，我手指的地方，你可以看到黄色夹着蓝色晕染出来。这些都是作画用的彩粉颗粒。杨生肯定是在清理李勃的画室时，衣服上沾了画案上的颜料。马荣，进展不错!"

他站起身，在二堂里来回踱着步。倦怠和睡意早已烟消云散。"马荣，既然第一个猜测已然得到证实，那我们看看第二个猜测。这两桩杀人案的动机，你方才所说的勒索站不住脚，至少我不这么认为。然而，假设沈三后背文身上的'金'字就是字面上的意思，很显然，'金'指的就是紫云寺里藏有大量黄金。洪参军已经查过所有关于紫云寺历史的文献，没有查到有关紫云寺几百年来埋藏金银财宝的记载，哪怕是相关隐晦的内容也没有。即使有人在那里藏过，官府整顿紫云寺的时候，也会被衙役们发现的。想必他们问过寺中的僧侣，也挖地三尺地仔细搜查过。"

他重又回到椅子上坐下。

"马荣，我的推测是，他们找的就是失盗的户部郎中的黄金，也就是那五十个分量十足的金锭。"

"但是大人，黄金去年就被盗了！"

"没错。但窃贼须得将黄金藏起来，避开风头，直至官府不再追查黄金的下落。假设他只跟同伙或者主谋说把黄金藏在了紫云寺，却没说具体的藏匿地点，那会怎么样？假设没找回黄金，可那窃贼已然死了，又会怎么样？这么一来，其他人便陷入了困境。他们只好在寺里寺外，甚至紫云寺附近寻找。或是杨生，或是沈三，或是两人一起发现了他们的秘密，于是想着能讹一笔钱——马荣，你的勒索假说可用在了这里。但是，杨生和沈三显然低估了对手，反被那些人取了性命。"

马荣急切地点头："大人，我觉得您的猜测真是直中靶心！五十个金锭怎么装都行，可以装在一起，也可以用包裹包成不同的样子，或是方的，或是长条的，都行。还可以分成若干个小包裹，诸如此类。这也解释了搜查寺庙的人为什么既会翻动禅房的地面，又会查看佛塔内的墙壁了。"

"的确。马荣，黄金还在紫云寺，尚未被找到！假如杀害沈三和杨生的凶手找到了金锭，那么凶手不管是一个人还是几个人，都没有理由去调换尸身和头颅。他们完全可以杀人之后拿走黄金，马上远走高飞；没有必要阻止我们发现刺青。如此，他们也不会在今晚再次回到紫云寺中，更不会想要杀你。黄金还藏在紫云寺中，我们须得找到！马荣，明天上午去趟紫云寺。现在先歇息去吧。"

十一

翌日，黎明时分，马荣和衙役小方安顿好沈三的尸身和首级，放入监牢后面的焚化炉中火化了。处置完尸体，马荣去衙役班房和洪参军一起吃了早饭，并向他细述了前一天晚上的冒险经历。用完早饭，两人一起来到二堂。

狄公向洪参军复述了一遍自己的推论，好让他明白案情的进展。"眼下我们面前有两项任务，"他说，"找到被藏匿的黄金，抓到杀人凶手。我们早上先去趟紫云寺，叫上……进来!"

班头进来，向狄公道声早安，禀道："致仕的刺史吴崇仁大人有急事要见大人，一同来的还有金银铺的老板李劢李掌柜。"

"吴刺史?"狄公疑惑地问道，"啊，是了，本县想起来了。

县衙举办祭祀大典时我见过他一两次。他是不是骨瘦如柴，稍微有些驼背？"班头点头称是。狄公说道："这是位年长德劭的君子，为官勤勉，廉洁奉公，不过时运不济早早便致仕了。他的叔父做生意亏了本钱。按本朝律法，吴刺史并无义务代其偿还债务，但他执意替叔父偿还了所有欠账。之后，他的叔父不久便驾鹤西归。自那以后，他便没有一文一毫的收益，官也几乎做不下去。他上书请求致仕，到这远离故土的兰坊定居。之所以到这兰坊来，一是此地的开销比其他州县都要低，二是他在此地少有俗务人情往来。另一个人是谁？你刚才说是叫李劢吗？"

"是的，大人。李劢李掌柜在东市有一家小金银铺，平日也做一些吸储放贷的生意，他是吴老大人的朋友。"

"大人，李劢就是画师李劼的兄长。"马荣插嘴道。

狄公起身，叹了口气，道："好吧，洪参军，去迎接客人吧。带他们去客厅。我去更衣，稍后就来。"

马荣帮狄公穿上绿色织锦官袍。接见诸如刺史等致仕官员时，县令必须按照来访官员之前的品级给予对方应有的尊荣。狄公戴上软翅乌纱官帽，冷冷一笑，说道："吴刺史来得真不是时候。不过，他为官多年，至少应该简要说明来意。"

和马荣经过中庭时，狄公抬头看了看天。比起昨日，热气散了许多，这预示着今天会更凉快些。他们登上通往客厅的大理石台阶，客厅便建在高高的台基之上。洪参军正站在红漆廊柱旁等候，见二人到来，忙引二人进了客厅。

见狄公进门，坐在茶几两侧的两位访客连忙起身。年长的访客上前一步，向狄公作揖致意。他面色赤黄，脸形瘦长，颌下蓄着山羊胡须，唇髭两端垂下，须色花白。他身上穿着一件金线绣纹深蓝色长袍，头上戴着一顶黑纱高冠，高冠中央嵌着一块碧玉。狄公一边依礼与这位致仕官员互致问候，轻言抚慰，一边暗暗打量着吴刺史身后的访客。那位访客身材高大，体格健壮，白面圆脸，双目低垂，唇上一道乌黑短髭，颌下的胡须很少。他身穿灰色长衫，头戴经商之人惯戴的小帽。

狄公请吴刺史入座，自己亦在贵客对面坐下，金银铺掌柜则仍站在吴刺史身后，马荣和洪参军各自拣张矮凳坐下。

书吏送上茶水。狄公靠坐在椅内，语气和悦地问道："尊驾一早来访，不知有何见教，可有事需要下官效劳？"

吴老先生神色严肃地看了看狄公，道："大人，此番前来乃是向您打听小女之事。"见狄公面露困惑，他急躁地说道："大人昨晚既已贴出告示，定是有了小女玉儿的消息。"

狄公端正坐好，为吴老先生续上茶水。"在下官说出玉儿下落之前，能否请大人明示，缘何大人会与李掌柜相伴来访？"

"这个自然。小女失踪一个月之前，老夫已经将她许婚给李掌柜。自此之后，李掌柜再未与人谈及婚娶。是故，他有权知道小女的下落。"

"下官明白了。"狄公从袖中取出一柄折扇，扇了起来。过了一会儿，他对吴刺史言道："事情发生在去年，在下官来兰坊上任之前。以下所说皆是道听途说，万望大人将令爱失踪的前因后果略为相告。您也知道，府衙中的案牍对此事并无记载。"

老刺史眉头紧锁，用枯瘦的手指捋了捋山羊须说道："玉儿是老夫的独生闺女，先妻三年前过世，只生养了她一个。待她长至二九年华，老夫挑中李劢与她为婿。李劢曾经帮老夫打理过钱财生意，老夫觉得他人品端正，颇具才干。再说，我二人是同乡。小女也同意这门婚事。可是，家门不幸，老夫曾招募过一个叫杨牟德的书生做幕僚，为老夫做些书写誊抄之类的事。杨生是本地人，言行得体，另外还有本地贤士大力举荐。没承想，老夫年事已高，耳不聪，眼不明，识人不清，终致悔恨。杨牟德竟是个奸邪小人，他背着老夫引诱玉儿不守妇德。"

　　金银铺掌柜弯腰对刺史说了些什么，但是吴老先生直摇头。

　　"李掌柜休再多言，老夫自有主意！"他回过头来，继续说道："——小女不谙世事，杨牟德轻而易举就让小女倾心于他。九月初十晚饭后，老夫跟女儿说起次日就去择取佳期吉日，为她和李掌柜操办婚事。可是，女儿却冷心冷肠地跟老夫说，她不愿嫁给李掌柜，她倾慕的是老夫的幕僚杨牟德！听了这话，可想而知老夫是何等惊异。老夫立即叫来杨牟德，可是那厮出门去了。老夫厉声呵斥女儿，说实话，言辞颇有些苛刻。但面对这样令人生气的变故，谁的态度又会好呢？她倒好，就此离家出走了！"

　　老刺史摇了摇头，端起茶杯呷了口茶。

　　"之后，老夫犯下大错，大人。老夫本以为玉儿去了她的姨母家。玉儿的姨母就住在北城，与老夫宅邸只隔几条街。她是玉儿母亲的胞姐，也是位上了年纪的贤良人，玉儿对她孺慕情深。老夫原想着女儿是去寻求姨母的安慰了，第二天早上就会回府。

可是等到第二天中午，她也未曾回来。老夫打发管家去接，可她的姨母却说，玉儿根本没去她的府上。老夫叫来杨牟德，可这恶棍却声称对玉儿的失踪毫不知情。他还卑鄙无耻地说，他也是偶尔与玉儿碰见才会和她打个招呼，从未与玉儿有过男女私情。老夫骂他是个骗子，满嘴谎言。后来老夫找人打听过，杨某那晚确实是去了教坊。自然，老夫随即便也将他辞退了。随后，老夫找来李掌柜，四处打探玉儿的下落，花掉无数钱财。可是，玉儿却就此失踪，无处可寻。我们想来想去，唯一的可能便是她去姨母家的路上被人掳走了。"

"大人当时为何没有报官呢？"狄公问道，"若是报官，官府循例，自会想办法寻找……"

"首先，"吴老先生打断狄公的话，"大人，您的前任愚笨无能，且又胆小怕事，不敢对钱沐稍加约束，任由钱沐那厮在兰坊横行霸道，把持县政。"他怒气难抑地将了将山羊须。"其次，大人，老夫也是个因循守旧之人，家族声誉至关重要。老夫不想让小女被拐的消息传扬得人尽皆知。李掌柜也与老夫抱持相同看法。"

"大人，"吴老先生身后的高个男子平静地说道，"不管玉儿遭遇了什么，在下娶她的初心都不会改变。"

"李掌柜，本县赞赏你的初心，"狄仁杰说道，"但是，你给吴大人出错了主意。当时唯一当做之事是向官府报案，并且是立即去报案。"

没承想，这位前任刺史大人颇不以为然。他不耐烦地撇了撇嘴，道：

"好啦，大人，您可有玉儿的消息？她可还在人世？"

狄公将折扇纳入袖中，拿出手札翻阅着，直翻到马荣去神婆家中探访一节才停了下来。他抬头问吴大人道："令爱可是生于壬子年五月初四，生肖属鼠？"

"正是，您可以在县衙的档案里找到这些信息。"

"确实。好吧。遗憾的是，下官能告诉你的消息也只有这些。下官了解到的情况非常含糊，故而还不能贸然相告，免得您悲伤过度或是空怀希望。下官目前只能说这么多。"

"狄大人，您的案子该怎么查就怎么查。"吴刺史板着脸说道，"但老夫有个不情之请。那就是案情明朗，到了不得不宣判的时候，能否请大人将证据先让老夫知晓？"

狄公呷了口茶，心下琢磨眼前这位访客的意图。这个请求纯属多此一举。他放下茶盏，说道："吴老大人放心，这是下官分内之事，下官……"

老刺史突然起身打断道：

"多谢狄县令，就此告辞！李掌柜，走吧！"

狄公也站起身，送两位客人出门。行至门口，狄公对金银铺掌柜说道："李掌柜，听说你有个弟弟是丹青妙手。"

"在下对那阳春白雪的艺术一窍不通。大人。"李掌柜突兀地回答。

洪参军在前面为两位访客引路。

"啊！终于有了线索！果真有玉儿姑娘这么个人！"马荣兴奋

地大叫道，"突厥神婆一定认识玉儿，她给我的生辰八字完全正确。这么看来，大人，我们在黑檀木匣里发现的留言也一定假不了！老天爷呀！我们须得立刻……"

"还没有那么快，马荣！"狄公将厚重的官帽往脑后推了推，擦拭一下头上的汗水。"我感觉事情有蹊跷，若不是担心失礼，我定要让老刺史说出更多内情。不然的话……管家，出什么事了？"看到面容消瘦、胡须花白的管家步履蹒跚地走进客厅，狄公诧异不已。

"老爷，私邸刚刚出了一件奇事，大夫人命小的请老爷拿个主意。"老管家忐忑地说道。

"哦？管家，你直说无妨。"

"就在刚才，三夫人拿着一封密函去见大夫人。三夫人说，有一位戴着帷帽的女子乘小轿来到私邸后门，向府里的丫鬟打听谁是府里年龄最小的夫人。待知道是三夫人后，她便要求见三夫人。丫鬟问她的姓名，她就给了那封密函。大夫人打开信封后发现，里面是张名刺，落款是致仕刺史吴某某的夫人。于是，大夫人便命小的来请老爷的示下。"

狄公扬了扬眉。"我不喜欢女眷干预公事。"他心烦地蹙眉对马荣说道，"再者，我有一种感觉，吴老大人并没有将玉儿姑娘失踪的来龙去脉告诉我。好吧，我要与大夫人合计一番。告诉参军，让他晚点到二堂会合。"

十二

狄公去见三夫人也在大夫人房内，便对她们大致说了与致仕刺史会面的情形："吴夫人来访必定与玉儿姑娘的失踪有关。我本想亲自见她，但又担心她有所隐瞒。不过，我还是想见一见她，见到她的面，我就能了解她的秉性为人……"他思忖着捋捋须髯。

大夫人赶忙问三夫人道："你能不能在你的院子里找个地方，既能接待吴夫人，同时又能让老爷看到她，而她还看不到老爷？"——按规矩，狄公的三位夫人都各有一处院子，每个小院里都有她们自己的厨房和专属于她们的婢女丫鬟。尽管二夫人和三夫人可以自由出入大夫人的正堂居所，但大夫人却从来不会踏足她们二人的住处。狄公恪守这一习俗，因为他明白，这是家宅安宁、夫妻和睦的最好方式。

"我想想，"三夫人一边想，一边对狄公徐徐言道："您知道，妾身的卧房和外厅中间隔着一道月洞门，门上挂着轻纱薄帷。倘若我让客人在靠近窗户的椅子上就座，您就站在月洞门的门帘后，那么……"

"就这么办！"狄公赞叹道，"走吧。"

"您若是不介意，"三夫人说道，"妾身想带您从后门过去，这么一来，丫鬟们就不会看到您，否则，她们有可能在不经意间对吴夫人透露您在我房中的消息。"

"高明！"大夫人赞许道，"但愿一切顺利。"

三夫人领狄公沿着花园里曲折蜿蜒的小径走回自己的住所。进了院子后面一个他人无法看见的角落，她停下脚步，打开外厅的房门，请狄公入内。狄公急急交代她道："尽量让吴夫人多说说玉儿姑娘的事情，你知道，吴夫人是吴刺史的继室，玉儿姑娘是她的继女。"

"这真是太刺激了！"她紧紧握住狄公的手，悄声软语道，"看，妾身要让吴夫人坐这张椅子，脸正对着月洞门。"

狄公走进卧房，回身小心理好帷幔。室内有些昏暗，这是屋里窗牖全都合上的缘故，是为了隔绝热气进入屋内。他在宽大的架子床上坐下，只听到三夫人击掌唤来丫鬟，吩咐她带女客人进入外厅。她嘱咐丫鬟待客人落座后退下，她会亲自给客人斟茶倒水。

狄公满意地点点头。三夫人是个聪颖的女子，也是个志趣高雅之人。他欣赏着茶几上神韵雅致的插花。每次到这里，他都会发现某些不一样的地方，有时是墙上的一首诗，有时是铺在书案上的一张画，有时又是一件精美的绣品。她喜欢在琴棋书画这些技艺上下功夫，也喜欢教导孩子们书中的道理。她在蓬莱县曾遭受非人的磨难，她那自私自利、无情无义的父亲又与她断绝了父女关系。狄公知道，她觉得在这里有了安身之所，也把大夫人和二夫人当成了自己的亲姐姐。外厅里此时传来说话的声音，唤回了他游弋发散的神志。

三夫人正在接待一位穿戴庄重但沉闷的高挑女子。这位来访的夫人身着灰色襦裙，腰间丝绦垂曳至地。待丫鬟离开外厅，她摘下头上的黑色面巾塞入衣襟里。她先是道声万福，神态谦恭地向三夫人屈身行礼。

"夫人，您可能已经看过名刺，知道我是谁了。"她的声音清脆，语速很快，"我原本还没有机会与您结识，承蒙您不弃，愿意与我一见，真是万分感激！"

她脑后绾的发髻得体，没有任何饰物，衬得她的面孔生动耀眼。狄公心想，这位女客不是传统观念上的美人：她的嘴唇太过丰满，眉毛太黑，一双明亮的大眼睛下有着浅浅的眼袋。但是，显而易见，她是个性格强势的女人。他估量这位妇人的年纪在三十五岁上下。

三夫人将客人引到一旁的椅子上入座，寒暄几句后她也坐了下来，为女客斟茶。吴夫人原该等三夫人将茶水倒好后再开始说话，然而，她却先开了口。

"夫人，我本不应当占用您的时间，可我的时间也不多。家夫不知道我来了这里，所以请允许我省去那些个繁文缛节，直奔主题。"看到娇小玲珑的三夫人侧首回视，她赶紧说道："家夫一早就去见了县令大人，举报我找人拐走了他的女儿玉儿。"

三夫人一惊，手中茶杯掉在大理石地上摔得粉碎。

"罪过罪过！"吴夫人自觉失言，忙说道，"我真是没个把门儿的，舌头一秃噜就把什么话都说出来了。惊到了夫人！我应该从头说起才是。来，我帮您收拾！"

再次落座之后，吴夫人赶紧回归正题："天可怜见的！我可是从来没想过要害我家老爷的闺女。我跟您讲讲是怎么回事吧。您新婚不久，想必明白我的心情。在听我说完之后，还望夫人能大发善心，把我们之间的谈话转述给县令大人，好让他知晓这背后都有些什么恩怨纠葛。"

"吴夫人请讲。没听完您的故事之前，我可不好许诺什么。"三夫人语气柔婉地说。

"这是自然！"吴夫人连忙称是，言辞间的虚礼客套越来越少："首先，我向您保证，我倾慕我家老爷。他的年纪比我大了足有一倍，但对我却和气温存，关照有加，让我感觉到久违的安全。您知道，在我和他成亲之前，我是人们口中那个不守贞洁的女人，名下没有一文钱财。不提这些不相干的。我主要是想说，我家老爷娶我之前已经做了三年鳏夫。他膝下无子，唯有一女，名唤玉儿。他把玉儿看得如珠似宝一般，觉得她无一处不好。可

吴夫人私访狄府（高罗佩　绘）

要我说，这孩子没什么了不得的，就是一个寻常的十八岁姑娘罢了，不晓男女之情是怎么一回事儿的时候就已经情窦初开，满脑子才子佳人的想法。我想接管教养她的职责，可是我家老爷却不答应，他要亲自教养。他爱女心切，爱得有点过了头。您懂我的意思吧。也许他自己还没意识到，但我可是见多识广，清楚得很。当然，我没对他说。不过，我倒的确对他说过，玉儿影响了我们夫妻的感情，他最好将她及早嫁出去。这成了我和他日后争吵不断的源头。"

她耸了耸肩，接着又道："世上做夫妻的难免有争吵拌嘴的时候。后来，我察觉到玉儿似乎与人相恋了，我觉得我有责任提醒自己的夫君。这下可好，我算是在火上浇了勺油！然而和玉儿离家出走时夫君的怒火相比，这还不算什么。后来老爷对我破口大骂，骂我害了玉儿的性命，藏起了她的尸首！稍微冷静下来之后，他自然知道他先前对我的指责是胡言乱语，无理取闹。可是他却自己瞎琢磨，觉得是我设法让人掳走了玉儿，把她卖到了风月之地！您说气不气人！"

"喝杯热茶消消气！"三夫人心平气和地对吴夫人说着，把茶盏推向她，吴夫人端起茶盏，将杯中茶水一饮而尽。

"哼，我大发雷霆，不承认他疯头疯脑的离谱指控。可他并不信我。不巧得很，玉儿走失的那天晚上我不在家，您明白了吧。我那天不得已出府见了一位老熟人。"

"假如你把玉儿的心上人姓什么叫什么，他们私奔去了哪里告诉你的夫君，岂不是证明你清白的最好证据吗？"

狄公捻须微笑，三夫人做得好。

"我要是知道，早就告诉他了！"吴夫人无奈地说道。"玉儿看她父亲的幕僚杨牟德的眼神水汪汪的，深情得不得了！不过杨生是个正派的年轻人，他和小姑娘相遇时从来都是目不斜视。玉儿的心上人不是他，肯定是别的什么人，但是我一直没找出来是谁。玉儿的父亲给了她太多自由，竟然相信这些风华正茂、正值佳期的小女孩儿们可以理清自己的小心思！"

"那么，你能让你的朋友出面，向你夫君证实那时候你们在一起吗？"三夫人贴心地问。

吴夫人面色尴尬地看了她一眼。"呃，"她吞吞吐吐地说，"坦白跟您说吧，邀我出游的人就是杨牟德。他是个善解人意的人，注意到我的日子过得苦闷无趣，就邀请我到他常去的一个地方吃点东西散散心。当然，我们没什么见不得人的往来。可要是我的丈夫知道这事儿，他会发火的。他是个好人，但他也是个老顽固，您懂的。"

吴夫人哀叹一声，紧接着又飞快地说道："长话短说吧。今天早上，我的丈夫突然知会我，他要对玉儿失踪一事采取某些非常的手段了。您听听，过了六个月后再采取手段！我猜是您的夫君，神判老爷请他来的，是吗？"

"这我可真回答不了您，吴夫人！县令大人在宅邸从来不提公务。"

"聪明人！不管怎样，老爷叫上了李劢。李劢是金银铺的老板，是老爷最好的朋友。他有些眼高于顶，自命不凡，不过他不是什么坏人。他们一起奔衙门来了。我的故事讲完了。夫人，请大发慈悲，将我所说转告给县令大人，让他告诉我家老爷，为老人家自己好，忘掉那些对我的无端猜疑吧。再说，您的夫君就可以着手解开玉儿姑娘与她心上人私奔后下落不明的真相了。夫人，您的夫君是鼎鼎有名的断案高手！他很快就能找到那两人的！然后，不管您信不信，我家老爷都会回心转意的。自从那个傻姑娘失踪了，他就再也没有进过我的卧房！好了，我的话说完了。"

三夫人沉默不语。过了一会儿，她说道："吴夫人，我会斟酌你对我说过的话。但我要重申一遍，我的夫君不喜欢和女眷们说公务上的事。我怀疑他是否……"

吴夫人起身，轻轻拍了拍她的手臂，微笑着说："像您这么年轻漂亮的女人，凡是男人，只要他还是个汉子，就都会听你这个可人儿说话的！夫人，您的慈悲心肠和耐心真是让我感激不尽！"

她把面纱重又戴在头上，三夫人送她离开。

三夫人掀起月洞门前的帷幔，狄公看见她眼中珠泪盈盈。

"一点儿也不刺激嘛！"她神情蔫蔫地对狄公说。

狄公把她拉到自己身边坐下，轻轻拍了拍她的手。

十三

听了狄公转述完吴夫人所讲之事，洪参军和马荣两人惊诧不已，哑口无言。狄公修正了自己札记上的内容，并给出了自己的推断："吴夫人是个庸脂俗粉，在男女交往上有着近乎本能的敏锐洞察力。但她夫君这类人所思所想，她则完全不能了解。吴老大人想弄清女儿都经历了什么，但与此同时，他又想保护自己的妻子，无论她犯了什么错。这也是我和他会面即将结束时，他坚持让我应承先让他看到证据的原因。若是我真的发现他的妻子在他女儿失踪案中插了一脚，吴老大人便打算让就此搁置玉儿失踪一案。"

"大人，您认为吴老大人的怀疑有切实的证据做支撑吗？"马荣问。

狄公捋着长须，沉吟不语。

"我承认，我什么也不知道。"他说道，"我现在知道的是，吴夫人关于玉儿和情郎私奔的说法纯粹是胡扯。倘若玉儿真有情郎，几乎可以断定，吴夫人不可能打探不出那人是谁！至于吴夫人的罪过……她倒是坦率地和三夫人说了吴老大人对她的怀疑。然而，这证明不了什么。她坚信吴老大人来县衙是告发她的。吴夫人是个欲望强烈的女人，若是欲望长久得不到纾解，这种女人便会做出种种令人匪夷所思的事来。"

"我不明白。"马荣说，"既然吴老大人已经撵走了杨牟德，为什么画师李劢又雇了他？杨生和吴夫人显然有一腿。我们应当多多了解杨生此人。毕竟，他是紫云寺杀人案里的另一个死者！"

狄公正翻阅自己的札记，翻着翻着，听到马荣的话。他抬起头，不疾不徐地说："去年玉儿失踪案里有杨生，今年荒寺凶杀案里又有他，巧合得出奇。我不喜欢这种巧合，一点也不喜欢！突厥神婆知道玉儿，说明定是有人在襄助神婆。"

"我可以再去问问图尔比，让她在族人中打听一下，看是否有人知道玉儿姑娘的下落。"马荣说。他想了想，觉得比起塔拉和吴夫人这样的女人，图尔比到底还算不错。

"可以，就这么着吧，马荣。或许玉儿被关在北寮做暗娼也未可知。但是，你须得先去探听一下沈三的事。倘若玉儿是被歹人拐走的，我们迟早能将那些拐走她的恶徒一网打尽。当务之急，我们须得找出紫云寺凶案的杀人凶手，以免他像昨夜杀你一样再次行凶。"

此时听得有人敲门，一名衙役走了进来。

"大人，金银铺的老板李劢李掌柜去而复返，恳请大人恩准拨冗赐见。"

"请他进来！"狄公回头对两位属下说道，"我早就觉得那李劢另有想法，只是刺史没让他开口罢了。"

金银铺掌柜见二堂不止狄公一人，似乎有些为难。

"李掌柜请坐！"狄公不耐烦地对他说道，"这两人是我的亲信随从，有话但讲无妨！"

洪参军起身让李劢坐在自己椅子上。李劢小心翼翼地理了理身上的灰色长袍，双目低垂对狄公说道："感谢狄大人拨冗赐见，当着吴老爷的面，在下前有些话实在说不出口。"他清了清嗓子，又道："第一，在下重申，玉儿姑娘仍是在下未过门的妻子。一旦找到她，在下会立即与她成亲，不管过去半年她经历了什么事。"说完他抿了抿双唇，顿了片刻，又道："第二，关于玉儿姑娘的下落，在下感觉大人已有新的线索，只不过担心吴老大人知道后伤心难过，所以有些犹豫。对于在下，大人您不必有任何顾虑，在下已有了充分的心理准备，不管真相如何，无论有多么悲惨。"说罢，他满含期待地看向狄公。

狄公靠坐回椅内，道："李掌柜，本县只能和你再重复一遍早上与吴老大人说过的话。"见李劢甚是恭顺，狄公接着又道："不过，先生不妨说说去年你和吴老大人都是如何寻找你那未过门的妻子的，这样可能会对本县的调查有实实在在的帮助。"

"愿为大人效劳。在下去了汉人的教坊，也就是在南寮暗暗查访，但是一无所获。在下找柜上年纪最长的老朝奉打听，他是土生土长的兰坊人，人脉很广，在下托他在黑白两道上打听，可是他也没有打听到什么消息。"李劢飞快地瞥了狄公一眼，继续又道："大人，我相信拐走玉儿姑娘的不是本地人，极有可能是一些游民把她绑到外乡去了。"他用手抹了把汗湿的脸庞，道："在下给五个外乡的金银行会的会首写了求助信函，并附上了玉儿的画像，然而也一直没有什么消息。"他叹息一声道："大人怪在下没有敦促吴大人向衙门报案，您说得太对了！可现在也还不算晚，大人！如果您能向周边各县发出协查公函……"

"本县正准备这么做，李掌柜。可否请你给本县十份玉儿姑娘的画像？"

这问题显然让这个金银铺的老板有点措手不及。

"还……还不能马上给您，大人。但在下会尽量……"

"好极了。公文上要有详细的面貌描述。对了，你可以请令弟来画，他是一个画师……"

金银铺掌柜听罢，脸色一白。"大人，在下已经和他彻底断绝了兄弟关系。"他说道，"请恕在下直言，他性情散漫，为人放纵。这许多年来，他一直住在在下家中。他白吃白喝，什么活儿也不干，要么在那儿涂涂画画，要么看些炼丹修道或者邪教异端的奇奇怪怪的书籍。到了晚上，他就去赌坊酒馆或更下流的地方去鬼混。他和吴夫人是一路货色，而且……"他突然闭口不言，咬了咬嘴唇。

"吴夫人？"狄公诧异地问。

"老爷，在下不应该提到她的！"李劢后悔地说道，"不过，既然已经提到了她，在下还是和您说了吧。当然，在下所说绝不能外传。吴夫人嫁给吴老大人之前，在下就认识她，也认识和她姘居的男人。她的男人是个手艺人，偶尔也给在下做点零活。可是，他是个专好坑蒙拐骗的人，和一些贼人常勾搭作恶。之后，他抛弃了吴夫人，吴夫人来向在下求助，看能否让她在铺子里找个活计做。那时候恰好吴老大人来在下的铺子里。他一眼就看中了吴夫人。在下本想将她的底细告诉吴老大人，但她赌咒发誓说她从来没有参与过诈骗，并且认真向在下保证，会做好为人妻子的本分，好好服侍吴老大人。在下承认，她精力充沛，是个能干的女人，所以也便没说什么，看着吴老大人娶了她。他们完婚的日子是在去年的五月十五，我记得很清楚。在下承认，她把自己的生活安排得井井有条。可美中不足的是，她不能与玉儿姑娘融洽相处。"

"是的，本县也听到过类似的流言蜚语。是怎么回事儿？"

"大人，事情是这样的。玉儿是个甜美娇俏的姑娘。书本上的知识她学了很多，可是对人情世故却一窍不通。她看问题从来是照本宣科，而且向来如此。她丝毫不能体谅她继母的出身，从一开始便憎恶吴夫人。在下相信这种憎恶不是单方面的，而是相互的。吴老大人也明白这点，并且一直亲自教导玉儿。待字闺中的女儿家竟然没有女性长辈来教导，大人，这种做法太过反常。后来，吴夫人提议让在下娶玉儿为妻，在下自然欢喜。当然了，在下的年纪比玉儿大上那么一点。不过，吴夫人说，玉儿身边需要一个能耐心教导她、提点她的夫君。换句话说，一个可以将'吴老大人位置'取代的夫君！要知道，自打她母亲过世之后，吴老大人便亲自教养。"

李掌柜轻轻摩挲着乌黑的髭胡，又道："大人，在下深爱着玉儿姑娘。在下想说的是，在下比同龄人显得年轻得多。打猎是在下唯一的嗜好，因此身体很强健。"

"极好，极好。对了，吴老大人说，是他的幕僚杨生勾引了玉儿，你认同他的说法吗？"

"在下并不这样认为，大人。就个人而言，在下不敢说自己有多不喜欢杨牟德。他和在下那个风流放纵的弟弟一样，时常流连于花街柳巷、娼门教坊。但在吴府，他却行止有度，无可指摘。他终归是个书生，自有一派风流倜傥的气度！"他思忖片刻，又道，"涉及其他男人对自己女儿有所企图，吴老大人或许有些疑神疑鬼了，反应有些过度。大人，玉儿姑娘没有众人所谓的'圆满'家庭，在下想和她尽快成婚也是因为这个，这很重要。"

"李掌柜，谢谢你提供这些有价值的信息。如果没有其他的事，我们就谈到这里吧。早晨堂审前，本县还有一些重要的公务要处理。案子若有新的进展，本县定会派人知会。"

李掌柜起身告辞。马荣道："这是一个正派的人。我们须得试试……"

狄公未理会马荣的话，只一边思忖一边说道："我在想李励为何要去而复返。我把刚才和他的谈话又在脑子里过了一遍，只记得他问了一个问题。他问我发现了什么新的证据没有。他还说了两件具体的事，一是他反复强调了要和玉儿姑娘成婚这件事，二是强调去其他州县寻找玉儿姑娘下落的重要性。如此说来，根本不必专程来见本县！真是奇哉怪哉。"

"大人，我觉得，"洪参军插话道，"他还想抹黑吴夫人。他故意提起吴夫人，告诉我们她的来历。"

"是啊，洪亮。我也有同样的感受。好了，伙计们，现在让我们回归到那两桩凶杀案上来。我本打算早饭后直奔紫云寺，将寺院内外彻底勘查一遍。可是，接二连三有人来，一直没有腾出空来。早晨堂审结束后我们再去吧。今天堂审，我不会就紫云寺的杀人案说些什么，只说是正在勘查，而阿刘仍需收押在监，等到案情明朗之后再做判决。马荣，你不用随我升堂，你去找那个叫'丐王'的乞丐头目。即便他现在已经没什么势力了，但也多少还有些余威，对城里发生的事情自然也会灵通些。去问问他，看他对沈三了解多少。还有，你要尽可能找出为沈三文身的人是谁。想必城里没几个刺青师傅，这种特殊的文身图案已经不流行了。不管你们信不信，跟那些名妓花魁们比起来，贩夫走卒和下三流的江湖草莽对时世潮流的挑剔程度也毫不逊色！如果找到了这个刺青师傅，问问他，看沈三让他在背上文寺庙图案的时候是怎么说的，我希望……"

班头拿着两份厚厚的卷宗走了进来。他将卷宗放在书案上，脸色庄重地说道："大人，高罗两家的遗产争夺案有了新的证据。高家信心十足，觉得有了这份新证据，大人堂审时便可把案子判了。于是，在下就从档案室把卷宗也拿来了，请您过目。"他细心地掸掉卷宗封皮上的灰尘。这份卷宗包含了巨额遗产诉讼案的所有文档。案情错综复杂，案件的审理已经拖延了好几个月。依照惯例，这类案件的胜诉方要舍出大笔好处费给班头和三班衙役。自然班头他们对这类案件也非常上心。

"行，班头，去看看升堂的准备都做好了没有。"

班头出二堂把门关上。狄公恼火地叹道："事情都赶到一块了！我早就将高罗一案全权托付给了主簿。他也细细研判过所有的卷宗！可现在，他人在同康！洪亮，我们须得快点理顺这两份卷宗！还有半个时辰就要升堂了。马荣，你按我交代的办差去吧。只怕今天的堂审要到拖到后半晌了！"

十四

　　马荣换上前一日见图尔比和塔拉时所穿的那身破衣旧裤。行至市集，他找了家苦力、轿夫等常光顾的路边饭摊，挑了张长桌子坐下。他吃了一大海碗香喷喷的面条，觉得味道不错，便又叫了一碗。吃完，他满足地打了个饱嗝，便一边剔牙，一边对身旁正大口吃面的苦力说："你胳膊上的青蛇文身看着不错嘛。我相好的让我在胸口也文上这么一条。她说我喘息的时候胸口上的蛇也会跟着动。她一想起这个就心痒痒的，说能笑个没完。"

　　那人上下打量一下马荣那宽大结实的胸膛。

　　"那你要花不少钱！你不用跑老远去做文身。这市集上就有个行家，他在这里有个店面，和这儿就隔了一条街。"

刺青高手正在收拾刺青用的竹针。马荣观察了一会儿，冷不丁粗声叫嚷："你给我哥们儿沈三后背上刻的刺青屁用都没有！他被人杀死了！"

"嘿，好汉，那可是他自己的错儿！我跟他说过，要是不加上红色的虎须，虎头就不能真正地保护他。添个红色的虎须要多花十个铜板，因为好的红颜料进价就贵，你知道吧。可你的好哥们儿不干，瞧见他什么下场了吧？"

"他说他身上的虎头用不着添什么红色的虎须，因为你在他腰臀上文的神庙图案威力无穷。干吗还要再浪费十个铜钱？"

"哦？所以说虎头下面的图案是寺庙喽？沈三说那个图案只是有钱人家的房子罢了。他还让我在房子下面写了'多金多福'四个字。可那穷鬼最后什么也没得到！你想做什么文身，客人？要不要看看我的图册？"

"我可不文身！我受不了那份疼！走啦！"

他叼着牙签，一路溜达着，脑子也在不停地转。看来沈三对黄金的事守口如瓶，并没让旁人知道。溜达到关帝庙门前，他上台阶叫醒坐在门房里打盹的庙祝，花了两个铜钱，从他那里买了束香。他点上香，将香插进铜香炉里。香案上方便是腰挂长剑、长须美髯、威仪赫赫的关公关云长的金身塑像。

"关帝爷，求您今天赐给我一点好运气，行不行？"他低声祈求道，"另外再赐个美貌的小娘子给我行吗？手上这个案子办到现在，我一个美貌的小娘子都还没见过！"

关帝庙后的街上，一个缺了条腿的叫花子伸手向他乞讨。马荣往他脏兮兮的手掌里放了一个铜钱，问他丐王藏在哪个犄角旮旯里。脸上皮肉松垂的叫花子眼睛深陷，一双鼠眼贼溜溜地瞥了他一眼，然后拄着丁字拐杖，用他最快的速度一瘸一拐地跑了……马荣破口大骂。他又去问了两个流浪汉，他们也都是一脸茫然，一问三不知。

他在臭烘烘的暗巷和嘈杂的小路上漫无目的地走着，想找个地方打听这避世不出的丐王现今身在何方。他了解这些穷得底儿掉的人，他们对于自己的秘密守护得严严实实，出于绝对必要的考虑，他们很抱团，谁也不会出卖谁。他又累又渴，遂走进一家小酒馆。他坐到湿滑的柜台前，这才想起应该给自己安一个在外行走的身份。倘若他说自己是闲汉混混，他笃定没人会怀疑，但人们不知道他的名号，这就有问题了。柜台前的六个苦力怀疑地打量他一下，却莫名其妙地盯着他面前陶碗里的酒水。他又一次后悔起来，乔泰兄弟要在就好了。他们两个人只要稍稍动一动脑筋，唱个双簧，就能消除人们对他们的疑虑。

喝到第三碗酒的时候，酒馆的门帘一掀，门外走进来一个衣衫不整、素面朝天的女人。那几个苦力显然都认得这个女人，他们粗言俚语，对她挑逗勾搭，有个人甚至拽住她褪了色的石榴裙衣袖。她伸手把他推开，嘴里骂骂咧咧地叱道：

"啐，把你的爪子拿开！老娘晚上再伺候你们这帮臭老爷们儿，白天是我歇息睡觉的时候。哎，可谁叫我的老妈妈又吐血了呢？没人伺候她，只能我去瞧瞧了。给我打碗酒，你要是不赊账也行，我给你现钱。"

"记到我的账上。"马荣粗声嘎气地喊道。

"哟，你是什么人？"

"我是沈三的表弟，从同康来的。"

苦力们眼神乱飞，猜测着他的来意。

"你是来继承他的巨额遗产的吗？"一个苦力语带挖苦，正话反说地问。

其他苦力听罢，放声狂笑起来。

"我是来报仇讨债的。"马荣和声细语地说道。见众人猛然间安静下来，他又说道："有人愿意帮忙吗？"

"外地来的小子嘿，你这个债太重了，我们可帮不了你。"一个上了年纪的苦力慢吞吞地说，"衙差们抓了阿刘，他们会砍了他的头。但阿刘并不是杀人凶手。凶手也不是我们汉人，是该死的胡人！"

"我不在乎是谁，要是让我抓住了，看我怎么收拾他！丐王能帮忙吗？"

"丐王不好找。"那个妓女低声说道，"去找暗娼馆的姑娘们帮忙吧。十个铜板一次，却是连个人影也见不着！"她喝光碗里的酒。"不过还是找他问问吧。我记得沈三好像也去找过他。"

马荣站起身，付了两人的酒钱。

"你带我去。"他对那个女人说道，"我出十个铜板。"

"你是个真汉子，我不收你的钱，免费带你去。沈三是个一毛不拔的人，不过他已经被可恶的胡人杀死了，我们可不能忍下这口气。"

一众苦力全都赞同地哼唧着。

女人带着马荣走了几条街，行至一条七弯八拐的小巷子前，她在旁边的角落里停了下来。

"巷子那头是过去废弃的军营。兵丁们开拔走了，留下一些军妓还有她们的孩子。丐王就住在军营下的地窖里。马到成功！"

这是一条用卵石铺地的小巷，巷子两边是灰色大石头建的老旧房舍。想必房舍里以前住的都是生活富足的人家，而在一栋房子里就住了十几户穷人。每走几步，马荣就得放低脑袋，免得碰到从二楼窗户里伸出来的竹竿子，上面挂着刚刚洗完的衣服，湿淋淋地滴着水。男人们坐在屋外巷子的长凳上，喝着茶，热热闹闹地摆着龙门阵。他们的婆姨们则站在楼上，靠在窗口听他们说长论短，还不时朝楼下叫喊着说说自己的看法。再往前走，巷子里便安静了许多。军营就在巷子里面，周围没什么人经过。倾圮失修的营房木门关着，窗户闭着，静悄悄的，想必里面的女人们正睡回笼觉呢。

见木门旁边有一处黑咕隆咚的低矮门洞，马荣便弯腰伸头往里瞧了瞧。里面是一条劈凿得简陋粗糙的陡峭石梯，石梯通往黑暗的地窖。他慢慢走下石阶，只觉污浊阴湿的空气扑面而来。地窖昏暗，只有十来尺宽，进深却有四丈多长，似乎是整个营房的大小。地窖内光线昏暗，仅有的微弱光亮来自地窖顶木梁下的拱形的窗户。这扇窗户与外面的地齐平。地窖内有一张矮桌子，桌上烛火噼啪作响，桌前是一张竹凳。除此之外，并不见还有其他的家具。地窖里似乎没有人。马荣朝烛火方向走近，注意到长着绿色霉斑的石墙上有不少细流涓滴渗出。

"呔，站住别动！"一道尖细刺耳的声音从马荣头顶传过来。马荣往身侧一跳，抬眼上瞧，只看到模模糊糊一团人影贴在拱形窗户前的铁栏杆上。他走近细看，就看到一个干瘪得不像话的小老头盘腿坐在拱形窗户的一角。他头顶光溜溜的，明光锃亮，鹰钩鼻，高鼻梁，一身破衣烂衫，露出的脖颈皮包骨头一般，整个人的姿势就像一只正要飞身扑向猎物的秃鹫。他手里拿着一根长棍，棍子头是个阴狠毒辣的铁钩。他小眼睛恶狠狠地眯缝着紧盯马荣不放。

"别动手！"马荣大喊道，"我要见丐王，我是出钱来找他买消息的！"

"放他过来，斗鸡眼！"地窖尽头传来如钟磬般深沉的声音，"我倒要看看，是什么人花钱买消息。"

窗户上像秃鹫似的男人提起手里的长棍，示意马荣可以过去了。此时外面街道上响起杂沓的脚步声。窗台上的小老头抬起脑袋，扒着窗栅栏向外窥视。突然，他以极快的速度抢起长棍，透过铁栏杆，将长棍伸到窗外又拖回来。他从铁钩上取下一块沾了泥土的油饼，开始吃了起来。马荣走到矮桌旁，暗自庆幸铁钩钩住的不是自己的脖子。

他定睛细看，只见桌子前有一个漆黑的拱形墙洞，墙洞两侧各有一根粗重的石柱。右边的石柱似乎就快塌了，石柱凹凸不平，表面结了蜘蛛网。

"坐吧。"那个深沉的声音说。

马荣坐到竹凳上，一只汗毛浓密的大手从黑暗中伸出来，粗大的拇指和食指一捻，烛火顿时亮了起来。马荣这才发现，他之前以为就要塌掉的石柱实际上是一个满脸胡须的大汉，松松垮垮，不修边幅。他坐在桌子对面的柱础上，弓着身子，驼着的后背正好能嵌进身后被挖走墙砖的壁穴中。他头上没戴帽子，头发灰白，一绺绺脏乱的长发从满是皱纹、又高又鼓的前额披散在脑后，杂乱的眉毛下，一双蓝灰色的大眼正直勾勾地盯着自己。他身上穿着一件打着补丁、看不出颜色的土灰色袍子。

"我是肖霸，"马荣哑着声音冷冷说道，"沈三的表弟，从同康来。"

"他撒谎，大和尚！"窗户上的老头厉声叫道，"沈三从没说过自己有个表弟！"

"老五蹲了班房。"马荣赶忙说道，"所以找出杀害沈三的凶手就成了我的事情。"

"肖霸，你为什么会找我？"

"在同康，人们都说你是这里的老大。"

"过去的事情了！"斗鸡眼突然哈哈大笑着喊道。丐王屈身从桌底下捡起一块碎砖头扔向那个老头儿，老头的笑声戛然而止，出声喊痛，在窗台上蹦来跳去，就像笼子里的鸟儿一般。那个他称之为大和尚的老者上下打量着马荣。

"你的身形和沈三一样。"他说，"我不知道是谁杀了沈三，但我知道沈三在找什么。"

"那有个屁用！"马荣讥笑一声，"他要找的是黄金，等我抓到凶手，凶手自会告诉我黄金藏在什么地方。"

"大和尚"一言未发。他用巨大的手掌缓缓拂拭桌面，露出刻在桌面上的地形图，图上随处可见奇怪复杂的符号。"大和尚"举起烛台，看着如同迷宫一般复杂的线路，灰白的大脑袋先是低垂，随后又抬了起来。

"不行，我在这上面画的线条太多，图案乱了。"这话让马荣心里一惊，这人虽然看着粗糙，但他的话不是识文断字的人是说不出来的。"肖霸，我不能告诉你更多。没什么可说的。但是我真诚地给你一条建议，拿走黄金，别管凶手。"

"我不能不管。不过先拿走黄金也没有什么坏处。你想要多少？"

"七成，肖霸。"

"你疯了吗？五成。告诉你，我还要和老五分账呢！"

"大和尚，就跟你要和我分成一样！"窗户上的男人喊道。

"成交。"大和尚从破烂的衣袖中掏出一块方形小木牌放到桌上，上面刻着异域文字。"肖霸，你拿这个木符去云隐寺。云隐寺在东门外的山上，是一座小庙，和红色围墙的紫云寺离得很近，你随便一打听就能打听得到。到了云隐寺，你翻墙进去，找到西侧仆役住的房，在门上敲四下。你把这个木符给里面开门的侍女看，侍女的名字叫春云。"

"春风一度，云雨一场的春云，哈哈！"斗鸡眼讥讽道。"大和尚"又朝他扔了一块石头，但是打偏了。石头落到地上，滚动着发出骨碌碌的声响。那个老头儿再次咯咯大笑。

"大和尚，你的眼睛也不好使了！"他喊道。

"她找到金子了吗？"马荣问。

"还没有，肖霸。不过她就快找到了。你们可以一起去找。"

"我会的，不过你为什么不自己去找金子？"

"因为他走不了路！"斗鸡眼讽刺道，"要不是我给他弄吃的，他就会像癞皮狗一样死掉！他们竟然还叫他丐王！"

"我腿脚无力。""大和尚"抱怨道，"风湿，你知道，深入骨髓了。我的后腰和两条腿拧巴着。不过我骑马还可以。我的头脑也没有问题。肖霸，你不要瞧不起我！"

"那么杨牟德呢？黄金也有他的份儿吗？"

"大和尚"抓了抓脸上蓬乱的长须，用怪异的眼睛静静地打量着马荣。

"看来你连杨牟德也知道了，嗯？杨失踪了。你的招子最好放亮点，肖霸！否则你也会消失的。我不知道你的表兄跟谁合伙，但这个人知道他干的是什么。你今晚就去云隐寺找春云。"

"和她待一晚！"斗鸡眼喊道，"明白吗，不花钱的便宜，不占白不占！"

大和尚用健壮有力的胳膊撑着半坐起身。马荣看出这个大汉的个头至少比他还要高出两寸，只不过这个大个子的背驼了，宽阔的肩膀也怪异地歪斜着。

那个干瘪的小老头儿开始在窗台上左蹦右跳，身上的破衣服像翅膀一样展开。

"大和尚，我错了！老大，我错了！"他颤声求饶。

"闭嘴，斗鸡眼！闭上你的臭嘴！""大和尚"怒吼一句。然后，他又坐了回去说道，"好走不送，肖霸。"

他靠石柱坐着，脑袋低垂。

马荣站起来，对着窗户上的老头挥了挥手，便上台阶出了地窖。

他慢悠悠地往衙门溜达，嘴里吹着欢快的口哨。这趟差事花了他整整一个下午的时间，此时已是日暮时分。但工夫没白费！师太已经警示过狄公，说她的侍女和流氓混混们勾三搭四，现在明白了，那小娘子是被安插在云隐寺的丐王的眼线。他或许会有一个奇妙的晚上——从另一个角度来说！

看到关帝庙门口那两盏红色油纸大彩灯，他再次踏上宽大的门阶，焚香拜谢关帝老爷。关老爷果然对他不薄！

回到县衙，班头跟他说，县令大人和洪参军正在二堂与画师李劾说话。马荣听罢，赶紧回住处洗了个澡，换上干净的衣服。

十五

老管家正在二堂外廊檐下点灯笼。透过档案馆开着的房门，马荣见狄公正背手站在檀木雕花大书案旁，洪参军则在帮画师李劼展开几幅卷起来的画轴。

看到马荣站在廊檐下，狄公对李画师说："李先生，真是可惜，不能一睹先生为本县作画。不过，本县知道，在兰坊小城，好纸甚是难得。本县完全理解，先生是不想让心境影响这幅气势恢宏的山水画作。本县很想鉴赏一下先生去年的这三幅山水画。黄参军，让差役拿些蜡烛过来，然后将画挂在这二堂之内。趁挂画的工夫，本县正好和马荣在花园走走，凉快凉快。"

他带着马荣走到廊檐另一头的合欢树下，在粗糙的石凳上坐下。

"堂审果然拖到了后半晌。"他跟马荣说道,"罗家也提交了新的证据,于是我不得不延期再审!我很少碰到这么复杂的遗产争夺案!堂审结束,我冲了个澡,李勣就来了。我们准备和他再详谈一次。对了,你在外边可有什么新的发现?"

马荣便将下午勘查的情况和收获细述了一遍。狄公对他和"大和尚"的谈话大感兴趣。他让马荣把他们的谈话逐字逐句地复述出来。

"马荣,你做得实在太好了!我们现在终于知道此案是怎么回事了。尽管凶手的身份仍然成谜,但很快就能找到黄金了!今天晚上,你去找到那个侍女,然后一起寻找户部郎中的黄金吧!这比我们带上大队衙差要好得多!另外,想办法让侍女多说说'大和尚'的事,这个人似乎极不寻常。"

狄公拂去落在膝头的合欢花,站起身,与马荣一起返回二堂。

二堂里,四个高高的烛台上早已燃起烛火,照得屋内明亮堂皇。李勣和洪参军站在三幅巨制画轴前,画轴挂在书架顶端的隔板外边,卷轴下端直垂到地面。狄公将扶手椅转了个方向,面对画轴坐下。他手捋须髯,一言不发,只默默品鉴着画作。

"嗯,"狄公开口言道,"本县觉得,中间这幅山水更佳,可能是比其他两幅画的笔法更为精细的缘故。中间这幅远胜于前人,其意境幽远,若是没有在天际画上一处水渚,观画之人断断意识不到,此处乃水天交接之处。"

"大人高见，大人对于水墨丹青之品鉴非常人所能及。"李勋文绉绉地说道，"在下一直致力于在广度和深度的表现手法上有所进益，却鲜少成功。"

"若是我们真能达到所期望的境界，"狄公说道，"那可真是人生一大幸事。先生请坐，请用茶。"

老管家端着大茶盘走了进来。品罢香茗，狄公接续前言，道："李先生，你是个颇有造诣的画家，想必也应该成亲了，这样你才能将自己的画艺传给自己的子嗣。"

李勋淡然一笑。"婚姻生活会影响方才大人所说之境界。那样的生活不仅不能再享受情爱之浪漫，也会扼杀掉绘画的天赋。"

狄公认真地摇了摇头，道："李勋，婚姻是社会稳定之根本。倘若一味离群索居，只生活在自己的圈子里，那你所追求的爱也不会圆满。既然已来到这红尘俗世，人就须得与这苦海俗世和光同尘，否则人生就会让人很沮丧。古代一位文豪曾把人比作一驾四匹马拉的马车。在这车驾中，每一匹马都有极大的自由，可以跑得快一点，也可以跑得慢一点，可以往左跑，也可以往右跑，因为马车不会脱离车道。当然，离开马车的马也可以有无限的自由空间，至少一段时间内会是这样。但是很快，离开了马车的马会感到疲倦孤独。待要重回车驾之中时，那马车已经驶远，再也追赶不及了。"

画师脸色煞白，端茶杯的手颤抖起来。一阵令人尴尬的停顿过后，李勋放下茶杯，若无其事地抬头问狄公道："对了，大人，紫云寺杀人案查得如何了？有足够的证据将无赖阿刘定罪吗？"

"案件进展顺利。"狄公语焉不详地说，"虽然缓慢，但方向明确，你也知道的。"他端起茶杯呷了口茶，暗示送客。

　　李勉正要起身，突然手拍额头道："在下愚钝！大人，在下本来想着见到您就说，结果竟然忘得一干二净！昨天大人走后，在下这才想起了，那黑檀木匣在下之前见过。"

　　"哦？不错，不错！"狄公说，"有意思！李先生，你是什么时候、在哪里得到那木匣的？"

　　"大人明鉴，大约半年前，在下从一个乞丐手里得到了那木匣。那个乞丐到在下家中要饭，然后拿了匣子出来，求在下施舍他几个铜钱。木匣当时覆满泥垢，在下因此也未曾注意上面还有一块玉片。那个乞丐说，匣子是他在紫云寺后山的一个兔子洞洞口捡到的。在下当时正忙着其他事，便也不想再与他纠缠，想着把他赶走了事。可是瞧他实在可怜，在下便给了他五个铜板，收下了匣子，之后便把匣子扔到了废物筐里。后来，孔庙后街的古董店掌柜来家里收字画，在下便把那筐旧物作为添头送给了他，这才一文不少地拿到了卖画的钱。"

　　"多谢李先生，我等现在才知道这黑檀木匣的来历。多谢先生的大作，还请把画作留下一两日，待本县选好心仪之作便会让人知会先生。对了，杨生回来了吗？"

　　"回大人的话，还没有。但他很快就能回来！在下到市集打听，听说他和他的两个酒友聚会去了，真是乱花钱啊！"

　　"知道了。本县适才见过他的前任东家，致仕的刺史吴老大人。他说他解雇杨牟德是因为此人私德不修。"

画师愤怒地挠了挠头。

"大人，吴老大人就是个老古板！只要是与他们所谓的道学规矩相悖，哪怕只是稍稍不同，他们也绝不包容。"

"好吧，天下什么样的人都有。李先生，参军会送你出衙。"

"大人，这么说来，匣子是在荒寺找到的！"马荣惊呼。

"是的。"狄公慢吞吞地说道，"奇哉怪哉。如果李勃说的是真话，那么玉儿姑娘便和紫云寺有了关联；若是他有意拿假话搪塞于我，那他特意这么说有什么目的呢？"他慢慢捋着胡须。过了片刻，他问："是谁在误导他，说杨生和两个酒友喝酒去了？杨生已然死了！"

马荣耸了耸肩，道："大人，这很好解释。我昨天曾和您说过，我看见李勃到酒馆去找杨牟德。您也知道这些店家都是些什么货色。他们总想三言两语便把人打发了，更不想被卷入旁人的麻烦事里，因为他们自己的麻烦事就够多了。"

"我要好好想一想，马荣。你最好过了戌时再去云隐寺，那时师太已经做完晚课，准备就寝安歇了。"

狄公沿着游廊漫步向前。这条游廊直通到大夫人的院子。透过开着的窗户，便能听到悠扬的琴声，间或还有云板打着节拍。

走进昏暗的客厅，狄公见厅内坐满了宾客。众人面朝着院内临时搭成的戏台，但见戏台大约七尺高，用华丽的红缎装饰，轻薄的白色帐幔从戏台顶一直垂下来，后面是高高悬挂的油灯。一个个色彩艳丽的薄片傀儡人行走如风，里面传来伶人的吟唱念白。狄公蹑手蹑脚地走到角落，站在众人身后。这是大夫人昨天在寿宴上答应孩子们要演的皮影戏。

三位夫人带着孩子们以及乳娘坐在正对着戏台的长凳上。他们身后是私邸的家丁仆役，甚至连浣洗的丫鬟们也被允许在这个特殊的场合进入院内。每个人都沉浸在皮影戏中。

狄公双臂抱在胸前，看着五颜六色的皮影戏。那些优雅的皮影形象用薄羊皮剪成，然后以透明的颜料着色而成，表演时，伶人在幕布后用铁丝托举操纵进行表演。这时，伶人将皮影贴近幕布，近处的观众都能看得见皮影人物的头发丝，看得清皮影轮廓上的每一个细节。接着，伶人又让皮影从幕布近前飞速飘离，给人一种戏中人物已经隐遁远走的印象。

这种堂会上演的都是喜庆吉祥的折子戏——西王母开阁设宴。仙庭里，她正在一棵仙桃树下絮絮叨叨，仙桃树上结满了吃了便可以长生不老的蟠桃，个个粉嫩诱人，让人垂涎三尺。少顷，王母娘娘挥舞广袖，像一只绚丽多彩的大蝴蝶般翩然飞走。接着，一只想偷蟠桃的白色猴子出现了。泼猴拿着如意金箍棒一出场，孩子们就拍着巴掌，欢呼雀跃起来。

狄公心想，现实的生活远比这出皮影折子戏还要戏剧化。一桩桩事情出人意料地有了交集。随着不可预见的事态进展，犯罪动机依然无法辨明。所谓精心的谋划，因为命运的捉弄而前功尽弃。看似精妙的行动方案，由于人世无常而枝节横生。所以，以荒寺凶手预先炮制出来的原始杀人计划为基础，在此基础上去推导事实真相的努力是错误的。他必须充分考虑到其中可能的误判和由于意外造成的状况。

　　他缓缓点了点头，从这个角度再审视案件，大概可以猜到黑檀木匣出现在紫云寺外的原因了。之后，署名为玉儿的留言中，那些曾经令他耿耿于怀的诡异之处也找到了合理的解释。天呐，如果他的猜测正确，那么李勣获得木匣便是他碰到的最奇异的造化弄人了。

　　一连串清脆的云板声响起，第一出折子戏结束了。狄公悄悄离开厅堂。

十六

马荣心中暗想，既然是再访紫云寺，不如这次从后山上走。于是他从北门出发。

向上的山路很平缓，他觉得并不难走。可是到了半山腰的时候，山路分出了几条岔道，他试了几次，每次都不得不原路返回。直到最后一次，他才最终来到通往山顶的那块小小的空地。他在山顶空地上稍稍逗留了片刻，欣赏着山下城内烛火点点的夜景。

走进树林里，他碰到年轻的衙役小方。小方正坐在一截树桩上。他告诉马荣，另一名衙役守在前山上山的石阶那里。他向马荣指了指去往云隐寺的路，便回去值哨了。

很快，马荣便看见了云隐寺的朱漆庙门。庙门周边的围墙并不高，天色昏暗，以他目力所及，可以看出围墙上的墙瓦是新砌上去的，砌得很结实。翻上墙头并没有什么困难，但他决定还是等遮住月亮的浮云飘走之后再行动；万一有哪片墙瓦砌得不结实，踩上去后发出的声响，在这寂静的夜里就会如雷鸣一般。他在树下摸索了一阵，找到六七块石头，把石头垒在朱漆庙门西侧的墙角下。月亮刚一露脸，他便踩着石堆蹿身上了墙头。仆役杂工房的屋顶恰好在他的正下方，正如丐王说得一样。他往旁边挪了挪，轻轻跃入铺着石板的院子。他停了一会，稍稍扫了一眼仍旧亮着灯的师太的屋子，便提着脚走到小屋门前。他轻轻拍了四下门板。

门内似乎并无动静，他又敲了四下，把耳朵贴到门上，这时便听到屋内有人光脚走过来。门开了，他倏地闪身走进窄小的屋子里。屋里摆着张竹编茶几，茶几上放着个廉价的烛台，烛台上烛火摇曳。

"你是什么人？"屋子里的姑娘轻轻关上房门，回过头来问。她穿着一件轻薄的寝衣，他瞅了她一眼，迅速收回目光，心中记下了她的样子——圆脸，浓密的头发梳成厚厚的发髻。他从袖中掏出木牌，放进她小巧温暖的手掌中，说道：

"我叫肖霸，是沈三的表弟，丐王派我来找你。他说你叫春云。"春云走近茶几，凑近烛台查看木牌，蜡烛旁边摆着一面带有托架的圆形铜镜；铜镜前面是一把残缺不全的梳子。显然这便是她的梳妆台了。马荣快速扫视了一圈，见屋内家具寥寥，只有墙边摆着一张木板床，床上铺着破旧的草席，床前有个快要散架的竹凳。靠墙的高搁板架上，有一把茶壶、一个铜盆和一盏小灯笼。屋内甚是紧凑，隐隐有一股廉价香料的味道。

"屋子小是小了点，但是很温馨！"他评价道。

"管好你自己得了！"她弯腰从床底拖出一张短腿炕桌，然后放到床席上。她上了床，在炕桌旁盘腿坐下，并示意马荣也在炕桌旁坐下。他脱掉靴子，像春云一样坐在桌旁。草席上仍留有春云身体的余温。两人隔桌而坐，相顾无言。

马荣甚是满意，春云并没拒人于千里之外。她长相还不错，漂亮的圆脸，眼睛甚是灵动，脸颊上还有一对小酒窝，面色殷红，双唇饱满丰润——正是他喜欢的类型。见她寝衣轻薄，胸部高耸，心中暗暗感谢关帝爷。忽然，她轻启红唇，微微一笑。

"肖霸，你看起来已不年轻。不过，你比父亲的绝大多数朋友长得好看多了！"

"哈哈！"马荣啧啧叹道，"这么说，你是丐王的女儿了，公主殿下！能与你共事真是我三生有幸！你知道，我要帮你找到黄金。跟我说说令尊是怎么知道黄金的，沈三和我们在一起的时候，可从来没有透露过黄金的事。"

"简单。父亲之前教过沈三拳脚功夫，因此沈三也会时不时地去探望他老人家。他答应分一份金子给父亲。"

"沈三分多少？"

"三成，杨牟德拿七成。因为杨牟德向你表兄透露了这个消息，因此才会这样分配。你知道吗？杨牟德不想自己一个人苦哈哈地寻找黄金，因为第一个拿到黄金的人是个非常难对付的家伙，这我也是听说的。杨牟德怕他怕得要命。害怕的理由也很充足！此事果然不假，那恶棍杀了你的表兄，还把杨牟德挟持到一个人们都不知道的鬼地方！事情发生后，我告诉父亲。我再也不想一个人大晚上跑去紫云寺找黄金了，决不！"

"我倒要会一会害死沈三的狗杂种！沈三的亲弟弟沈老五在同康坐了牢，所以只能由我来为他报仇。"

"至于我，父亲让我来伺候姓常的老虔婆，好方便监视紫云寺里的动静。说真的，我并不想说你表兄什么坏话，只是你知道，我觉得父亲也应该留意一下沈三。"

"丐王做得对极了！我不明白的是，那个把黄金藏在紫云寺里的恶棍为什么不把金子挖出来拿走。为什么把黄金丢在那里不管，等着沈三和杨牟德来插一手呢？"

她耸了耸肩。

"他似乎是从别的什么地方偷来黄金藏了起来，但是藏得太好了，连他自己都找不到了！他自己找过！在那个鬼地方，每一个角落我都翻找过。但在我之前，寺里的那些地方都被他搜过了！所有的地砖都被翻了个底朝上。对了，我还在老虔婆的屋子里也找过。"

"天啊，公主殿下，你不会连信仰虔诚的师太都怀疑上了吧？"

"只要我还没弄清楚是谁拿到了黄金，我谁也不信。说到信仰虔诚，肖哥哥，你知道吗，那个老虔婆心里狠着呢。她心情一不好就拿细藤条抽我出气，嘴里说着：'脱掉裤子，向佛祖磕头认错，请佛祖宽恕你的罪过！'然后她就会用藤条打我的屁股，一边打还一边捻着佛珠计数！肖哥哥，你说这是虔诚吗？"她往地上啐了一口。"好了，既然你来了，我不介意再去紫云寺里搜查一遍。你先看看紫云寺的地图。"

她从草席下面抽出一张叠起来的纸，将纸展开。

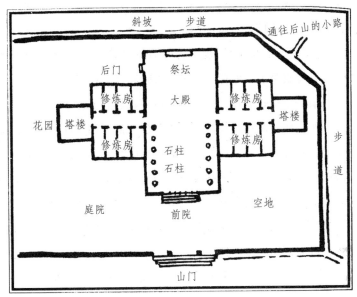

紫云寺平面图

"看这里，中间这儿就是正殿，我们从这里开始查找。"

马荣仔细看了看地图，上面的标注与狄公、洪参军向他描述的荒寺完全一致。

"公主殿下，你的草图画得真是太清楚了!"

"你以为呢？画地图我可是老手。在高宅大院里面做丫鬟，暗中却另有目的，只有这么干，父亲的朋友们摸黑来这里时才不会迷路。你到蜡烛那边去把图纸记到心里，肖哥哥。我们还有大约半个时辰，师太不熄灯睡觉，我们就还不能出去。"

马荣将纸叠起来，咧嘴笑着说："我倒是想利用这段时间让你我二人熟悉一下，公主殿下! 世人都说，不深入了解你的同伙，就不要搭伙!"

"先干活，后享乐!"她不为所动地说道，"滚下床看你的地图! 我要换衣服了。你背过身去，眼睛转过去看图纸!"

马荣下床站到梳妆台旁。春云将寝衣从身上褪下，双膝跪在床下，趴在床尾翻找，找到一条深蓝色的裤子和一件短褂。正待要穿上，她犹豫了一下，好奇地看了一眼马荣。她淡淡一笑，将衣服放到一旁，把寝衣铺在膝下，跪坐在床上打理发髻。她觉得这时候的自己是最诱人的了。她喊道："现在不要回头看!"

"回头干什么？"马荣反问，"我从镜子里看就行了。从你的背后看过去，你也很美!"

"你个混蛋!"她从床上跳起来扑过去，想挠他的脸。他则一把将她搂在了怀里。

良久，她穿好衣服，然后从架子上取下那盏小灯笼。

"我们到了紫云寺里再点灯笼。"她说，"下午的时候，我看到有两个人在寺庙山门附近晃悠，好像是衙门里的公差。他们蹲守在门口，想着能抓捕杀了你表兄的凶手。所以杀他的人今晚不

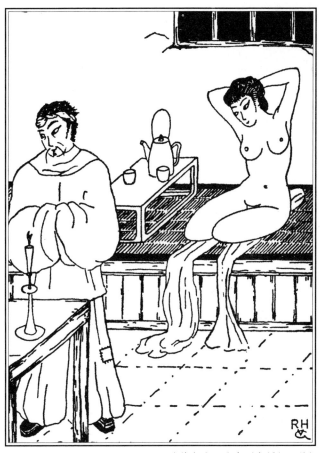

马荣夜访云隐寺（高罗佩 绘）

会冒头了。不过，我们有可能会碰上紫云寺的女鬼。"

"你开什么玩笑呢，公主殿下！"

"我没开玩笑。寺里确实有女鬼。我自己就亲眼见过两次。她在树林里游荡，个子很高，穿着一身白衣，样子很吓人。我不喜欢鬼魅这些东西，不过这鬼不是害人的恶鬼。有一次我差点撞上了她，然而她并没有对我怎么样，只是用一双悲切切的大眼睛看着我，之后便又飘走了。"

"悲不悲的，我都不想见到她。我们走吧！我带你绕开那两个看门的衙役。想当年，我可是在绿林里混过的，身手好着呢。"

她吹灭蜡烛，将门推开一条缝。

"真有意思！"她悄声说道，"那个老虔婆屋里的灯竟然还亮着！"

"她大概是在念经吧？"

"而且是念出了声，声音还很大！管她呢，我们走。要是她发现我不在，我就跟她说我不干了。让她去打别的丫鬟的屁股吧！"

他们踮着脚穿过院子。她轻轻拔掉门闩，将门拉开，捡了块石子放在门沿下，让门虚掩着。他们穿过树林往山下走去。到了树林边，马荣让她紧紧跟在自己身后，跟着他的动作照做。他看了看石阶上方，想找到值守的衙役。要是那家伙发现了他，那乐子可就闹大了！是了，那家伙在那里，这个懒鬼！在柏树下躺着睡觉呢！好吧，不管怎么说，事情方便多了。他正要拉着春云走开，突然身体一僵。不对！那家伙腿曲着，双臂伸出，姿势颇有点怪异。他三步并作两步走到那卧倒在地的家伙跟前，俯下身子。

"他……死……死了吗？"她在他身后哑着嗓子问。

"有人从身后拿细绳勒住了他的脖子。"他冷冷地低声说道，"回家去吧，公主殿下。从现在开始，这里是男人的事了。凶手回来了。"

她抓住他的胳膊。

"我要跟着你。我以前打过架。你要是和凶手争斗起来，我总可以拿砖砸他的脑袋，帮你的忙。"

"那随你吧！歹徒可能就在大殿里。我们不能以身试险，从前面的正门进去。我们从后门进，先从紫云寺后山的外墙爬进去。"

"好。离大殿不远的围墙上就有一个豁口。跟我走，我找给你看！"

他们沿着寺院前门的外墙走，走到拐角处又沿着侧墙旁边的小路继续向前走。走到东北角的一小块空地时，马荣停了下来。

"先等一会儿。"他压低嗓门说道，"我去探探路。"

他继续往山上的树林里走，寻觅衙役小方的踪影。他轻轻吹了声口哨。四周静悄悄的，没人回应。他暗自咒骂。难道凶手把小方也干掉了吗？忽然，他有一种被人窥视的诡异感觉。月亮再次被云遮住。他睁大眼睛，但并没有看到树林里有什么异动。他回到与春云分手的地方。

"前面没有人。"他对她说，"你留在这里。我还是先去后墙

160

那里瞧一眼更妥当。若是没什么危险，我会回来接你。然后你就可以把豁口的位置告诉我，我们从豁口进入寺内。"

他走到拐角，左手摸着外墙上裸露的墙砖。沿后院围墙的小径，又窄又长，空无人影。顺着右边的小路便是陡峭的山坡。坡上覆满了低矮密实的灌木丛，随处可见长满了青苔的石头。

他站在拐角，抬头看了一眼墙头，墙顶上好几个地方的砖块已经塌落，但是他并没有看到春云所说的大豁口。外墙尽头，对着西边黑咕隆咚的佛塔，他看到了外墙另一侧拐角的砖石，古井就在那个地方。假如有必要，他可以走到那边，然后……

他探身向前。在远处墙拐角那边的阴影中，他看见了一个白色的人影。他简直不敢相信自己的眼睛，便又往前走了几步，接着他就像木桩子似的愣在了那里。是那个白衣女人，她正挥舞着瘦长的手向他招手。

十七

　　他瞪眼瞅着那道幽魂，仿佛被下了咒一般，随之脑际闪现出前一天晚上引他走向隐蔽小路的鬼魂。她现在是不是？……他沿着墙边的小路追过去。

　　"肖哥哥，我……"春云追在他身后叫喊。突然，那只幽魂般的鬼影将手臂高高举过头顶。月光照亮了她胳膊上银白色的长袖。马荣猛地停下脚步，他不知道那个绝望不祥的姿势意味着什么。跟在后面的春云直接撞到他的身上。说时迟那时快，他头顶围墙边缘的墙砖砸落下来，正好落在他的脚前。

　　他一动不动地站在那儿，呆愣愣地看着堵住了小路的那一堆碎砖破石。

"出什么事了？……怎么？……"春云姑娘在他身后喘着粗气问道。

"是冲着我们来的！"他嘶声说道，"站在这儿别动！"

他噌的一下爬上砖堆。到了砖堆上，他便摸到了墙体上方豁口处的粗糙边缘。他提身爬上围墙，跳进紫云寺后院，恰好看见一道黑影消失在正殿的后门内。

马荣跑到门口时摔了一跤。他赶忙手脚并用地爬进门内。他挺起身，背部抵着后门右侧的墙壁，准备伸手抱住那个黑影的双腿。但是黑暗中并无异动。他小心翼翼地用手四处探查，只是双手所能够着的地方并没发现什么。大殿的另一头，微微有光透进来，那里定是大殿入口的六扇隔扇门了。他又闻到了前一天那讨厌的，令人作呕的恶臭。大殿里能听到的唯一动静就是一只受惊的蝙蝠扇动翅膀的声音。想必那凶手还没离开，还待在漆黑的大殿里，说不定会在这里交手。马荣不无得意地想着，哪怕凶手有武器，他也占了先机，因为他曾多次在漆黑的暗处与人搏斗，了解所有打架的窍道。另外，多亏了之前来过这里，也多亏了春云的草图，他对大殿里的地形有着清晰的认识。

他小心又小心，贴着墙壁往前爬，一寸一寸地往左边拐角靠近，浑身肌肉紧绷，随时准备出击，耳朵也竖得高高的，捕捉着对方可能暴露方位的声响。

到了墙角，他向前摸索的左手突然触到一块布。他身子又向前一探，想着伸出长臂搂住对方的双腿，但却什么也没搂到，反而是脑袋结结实实地撞上了墙壁。头晕目眩间，他听得前方有快速移动的脚步声，接着便是铁器敲在石头上的当当声。这说明对方手里有一把剑。他纹丝不动地在地上躺了片刻，然后手在地上摸索着，这才明白方才摸到的是沾满灰尘的蜘蛛网而已。

他的头还晕乎着，但他明白，他必须尽快离开墙角，通往僧侣禅房的门离他可能并不远。他沿着墙壁爬了一会儿，手便摸到了粗糙的木板。这是放武器的壁龛，是的，他摸到了两根粗木棍。那两杆长戟还在原处。他知道对方手里拿的是什么了，是另一把突厥利斧。他嘴角一咧，露出个怪笑，觉得自己的运气不错。黑暗之中的搏斗，斧头并不怎么管用，反倒是长戟能起大作用。他知道怎么使用长戟：一杆长戟有一丈多长，戟尖可以刺透皮铠甲，戟尖下左侧的锋利戟刃可以劈开头骨，戟刃右侧的可怕弯钩可以把骑兵从马背上钩下来，或者绊倒正在奔走中的士兵。而他有两杆长戟，一杆可以用来搏斗，另一杆用来试探和诱敌！他站起身，悄悄从壁龛中拿出两杆长戟，将戟尖向上，握住戟杆。他一动不动地站在那里，等着阵阵头痛消散，也好辨认一下自己所在的位置。他此刻站在正门左侧那排石柱的最后一根旁边。他的左手边是供桌前的空地。他右手将长戟平举至身前，探查着前面的空地。证实前面没有危险后，他向左转身查探石柱和墙壁之间的狭小空间，也没有人躲在那里。他立起两杆长戟，轻脚走到大殿中央，检查前面的殿门。

六扇隔扇门板清晰可见。当然了，那个家伙也会避开大殿的中心区域，免得被透过窗扇的月光照得无处遁形。他定是躲在殿门右侧石柱的旁边，即马荣的左侧。马荣慢慢咧嘴笑了。

他一步一步地往左走，直走到最后一根石柱前，正对着石柱前方站定。他将左手中的长戟靠着石柱放好，然后两手紧紧握住另一杆长戟，抬脚将前面放好的那只长戟踢出，这样躲在柱子后面的家伙就会跳出来，在殿门前现出身形。到那时，他就可以用手中的长戟将其拿下。

忽然，他屏住呼吸。他似乎听到石柱另一头的微弱响动。一个巨大的黑影猛地向他扑了过来，撞飞了他手中的长戟并直冲隔扇门而去。马荣伸手向前抓住长戟，但为时已晚，夺路而逃的身影已经抓不到了。他骂了一句，丢下长戟拔腿就追。黑影在门前稍作停顿，便见一件夺命的武器呼啸着飞过马荣的头顶，哐当一声落在他身后的地上。接着，那家伙踢开一扇门板。马荣飞身上前欲将他擒住，双脚却被地上的一根绳子绊了个趔趄，遂脸朝下跌在地上。待他爬起来赶到前院时，只看见从寺庙山门前一掠而过的人影。等他跑到山门，又听到沿着石阶下山的细碎脚步声。那家伙跑掉了。

他一边恨恨地骂个不停，一边抹去脸上的血水，这才发现额头上鼓起一个大包。他走进大殿，捡起长戟，带着股邪火，把大殿的隔扇门戳得乱七八糟。这时他才看清楚，绊倒他的绳子原来是用结实的细绸布条做成的绳梯。绳梯一头挂着两个大铁钩，另一头拴在突厥利斧上甩在靠近最后一根石柱的地上，是刚才那家伙逃跑时向他甩过来的。

他从后门离开大殿。春云正蹲坐在围墙豁口处，手提着灯笼。他爬上墙头，亲了亲她流着泪的面颊，帮她翻下围墙。

"那个狗娘养的逃掉了，公主殿下！你有没有看到一个鬼影？"

"鬼影？没有，我什么也没看见。我都吓蒙了！嗨，你看上去糟透了！过来，我给你擦擦脸！"

"不用麻烦了。我先把你送回云隐寺，然后再找找，看能不能找到那个该死的女鬼。"

他伸出胳膊搂着她的肩膀，带她走回云隐寺。

"公主殿下，总有一天你会更了解我的！"说完，他将她推进门内，眼睛不经意间扫一眼师太的屋子。窗口已经黑下来，烛火熄灭了。

他把裤子提了提，回到之前见到小方值哨的那片空地。他吹出尖锐的哨声，可回应他的却只有猫头鹰的怪叫。他担忧地蹙起眉，点亮灯笼，开始在地上仔细勘查。带着刺藜的枝条剐破了他的裤子，他恨恨地骂着。他知道小方不会离他的岗哨太远。

颇为费力地穿过野蔷薇花丛，他来到一片空地，前面便是高高的紫杉林。正要穿过树林时，他的右脚陷进土坑，身子遂倒了下去，脸磕在一块圆形的石头上。

"今晚这是第三次了！"他一边爬起身，一边无奈地咕哝道。他叹了口气，拾起灯笼，用火折子重新点亮灯笼。突然，他张大了嘴。他以为他磕到的是一块长满了苔藓的石头，可实际却是一颗被胡乱砍下的人头。

他腹中泛起一阵恶心，遂将灯火凑近人头扭曲变形的脸部。随后他长舒了口气。

"感谢老天爷!"人头不是小方的,他从来没有见过这张脸。

他仔细检查那个土坑,坑是新挖的,坑旁有一小堆土还是湿的。他再次望向脚边那颗恐怖的人头。

"老天爷啊,这定是杨牟德的脑袋了。凶手把人头埋在这儿了!可他为什么又把人头给挖出来了呢?"

他提起灯笼,看向紫杉树,却见树下蒿草丛中躺着一个人,旁边是一顶被压坏了的衙差帽盔。马荣咬牙暗咒,俯身查看,躺卧在地上的正是小方。他摸了摸小方的胸口,好在还活着。

马荣小心翼翼地挪了挪昏迷不醒的小方的头,便见后脑勺上有个裂开的伤口。他在伤口周围探了探,用指尖轻柔地拨开沾了血粘在一起的发丝。

"背后暗算。"他嘟囔着,"不过,他的头骨并没有被打坏。帽盔做得还挺结实的,虽然血流了一摊,挺吓人的。要是头骨被打坏了,那就没救了。"他捡起帽盔,"是的,那该死的混蛋用突厥利斧袭击了小方,是帽盔救了小方的命。时间紧迫,我须得立刻去找师太,借她的小药箱一用。"

他用砖头拍着云隐寺的庙门。拍了很久,门上的窥窗终于打开了。他看到春云一脸惊愕地站在窥窗后面,身后跟着的便是师太。他俯身从靴子里抽出自己的文牒递进窥窗,对师太说道:"师太,我是马荣,狄县令的手下。我在树林里发现有人受伤了,他需要立即得到救治!"

"开门!"师太对春云姑娘吩咐道。

进入院内,马荣向师太说明了情况。

师太严肃地点了点头，说道："幸好贫尼在庙里备下充足的药品。治病救人是出家人的本分。丫鬟会带你去灶房。灶房的竹篱笆可以拆下来做担架。她可以帮你把伤者抬到这里。她虽是个小娘子，不过力气很大。我来给伤者看伤。我先去厢房准备床铺。"

一到灶房，春云就两眼冒火地看向马荣。

"你个骗子！"她嘶声骂他。

马荣不知道该如何应对，关老爷弃他如敝屣！两人谁也没吱声，只顾着拆竹篱笆。她斜眼看了马荣一眼，突然又道："你是个有情有义的骗子！"

"太好了！"马荣笑得合不拢嘴，"你真是宽宏大量！不愧是公主殿下！"

狄公和洪参军此时正在二堂核对兰坊县的赋税卷宗。

"天啊，出什么事了？"看到马荣额上鼓起的大包，又见他身上破破烂烂、满身泥泞，狄公惊呼道，"参军，给他倒杯热茶来！"

马荣感激地接过茶水，一口一口喝掉杯中的浓茶。接着，他便将发生的事细述了一遍。他道：

"大人，师太清理了小方脑袋上的伤口，甚是利落。她是个了不起的女人，从头到尾都镇定自若的。我们给小方的伤口抹了药油，给他灌了汤药，之后他便醒了过来。他说，他注意到紫杉林边空地上有被人挖过的痕迹，接着便发现了杨牟德的头颅。就在这时，他就被人从背后击倒了。师太让他服下了安神汤。我离开的时候，他已安然入睡。师太说，他若是今晚没有发热便能平安无事。"喝掉第七杯茶的马荣又道："我还没有跟班头说，另一名衙役已经遇害。大人，我怎么忍心把这个坏消息告诉兄弟们呢？"

"马荣，吩咐班头让衙差们到衙役班房集合。然后转告他们，就说凶手必将得到严惩。另外，你告诉他们，为了他们的人身安全，严禁将衙役被害的事情泄露出去。然后你让班头带上担架去紫云寺，把衙役的尸首和杨牟德的首级带回县衙。"

马荣领命退下。狄公沉默不语。捋了一会儿胡须，他对参军说道：

"一名称职的衙役丢了性命，另一名衙役受了重伤，我们收获了两条重要线索。我们付出的代价太大了，参军。"

他将手肘支在书案上，呆呆地望着身前的赋税卷宗，陷入了沉思。忽然，他抬头问道："凶手为什么突然间如此急迫？他曾花数月的时间在紫云寺中初心寻找。如今，短短两天时间内，他先是杀了两个人，然后又两次欲置马荣于死地，还杀死一名衙役，重伤另一名衙役！为什么突然这么急切？"

参军摇了摇头，干瘦的脸上满是忧虑。

"大人，出于某种原因，此人已有些绝望了。袭击官差可不是小事。人人都知道，官府绝不会放过罪犯的，他们会被处以最高刑罚，所以衙役们才会只拿一根哨棒去上差。假如有人袭击当差衙役的消息一旦宣扬开，大人，我担心县衙公差的安全会受到威胁。"

"是啊，洪亮。我也想到了这点，这才让马荣嘱咐衙役们千万莫要声张。"

狄公陷入了沉思。

等马荣返回二堂时，狄公已经平静了下来。他挺直身子，简要说道：

"黄金必定是被藏在了高处，否则凶手不会带一副绳梯过去。现在我们知道，至少有三拨人在寻找黄金。这三拨人分别是组织了盗窃黄金行动的杀人凶手，半路加入的杨牟德和沈三，还有可以从沈三分成中分走一份的丐王。我刚才也和参军推演过了，但有一点我百思不得其解。也就是说，凶手为何如此急迫。我在想，是不是还有一个我们完全不知道的人，一个跟黄金被盗全然无关的人插了进来。不过，这个想法是建立在毫无根据的直觉之上。最后，鬼影的问题。今晚之前，我一直都没把女鬼之说放在心上，只当是人们迷信罢了。马荣自己昨天也不能确定是否真的见到了女鬼。然而，今天晚上他看得清清楚楚，并且确定女鬼是主动参与的一方。所以从此刻开始，我们应该将那个神秘的鬼影在案件中的作用考虑进来。马荣，你有什么看法？"

马荣心情低落地摇了摇脑袋。

"大人，不管那个女鬼是什么人，有什么身份，她和凶手都是一伙的。我昨天还傻乎乎地以为，她将通往古井的暗道暴露给我是帮我一把。显然并非如此，她只是为了诱我进入偏远的花园才这样做的，因为凶手就在那边的围墙豁口埋伏着。见我下了井，他们觉得让我死在井里可以免去处理尸体的麻烦。今天晚上，那个可恨的女鬼又在诱我往前走，弄得我的注意力全到了她的身上，于是便忽略了凶手在那坍塌的围墙边。然而，女鬼出了纰漏，她挥手向同伙示意，说我到了他们的陷阱。她挥手的动作吓到了我，我停了下来，也因此逃过一劫——墙砖落下的地方与我相隔不到一寸！"

狄公点点头。他看了看自己的手札，然后又问道："你能描述一下鬼影的模样吗？"

"呃，大人，我见过那个鬼影两次，两次都相距很远，只是匆匆一瞥，而且月光也不亮。她穿的是薄纱长袍，我想，脸上也蒙着薄纱。她个子很高，这点我能肯定。"

"马荣，你能确定那个鬼影是个女人吗？"

马荣捻着唇髭，犹疑不定地说道：

"大家提到她的时候，都说她是白衣女人……还有她穿着长裙。不过，这当然不能证明什么，男人也能穿女人的衣服……呃，当然，还有体形，胯骨宽大，肩很窄。我看没看到她的胸部呢？看到了……还是？……"他郁郁不乐地摇了摇头，"抱歉，大人！我真的记不太清楚！"

"别担心，马荣。最主要的是，我们知道了她是肉血凡胎的寻常人类。嗯，马荣，当务之急，明天先去一趟云隐寺，看看小方的伤势如何。早饭后，大家到二堂会合。我们须得有所行动，而且动作要快。凶手已经走投无路了，他随时都有可能孤注一掷。洪亮，打开窗户！屋里越来越闷，恐怕要下雨了。到了这个节气，雨水可能会很多。我还要在这里待一会儿，理理思路，你们各自安歇去吧。"

十八

　　黎明前，来势汹汹的暴雨慢慢减弱了势头。狄公由三夫人陪着，来到花园里散步。天气微凉，荷塘上笼罩着轻薄的雾气，粉色、白色的荷花一夜间竞相绽放。狄公决定在荷塘边的凉亭里用早饭。

　　两人静静地吃着早饭，享受着清新的空气和美妙的景色。饭后，两人站在红漆围栏前，用吃剩的饭粒喂着池中的锦鲤。看着鱼儿们从巨大的荷叶下快速地游来游去，三夫人说道：

　　"您昨晚回来得特别晚，而且睡得也不好，一直翻来覆去的。有什么不好的消息吗？"

　　"是的，有个衙役殉职了，撇下妻子和两个稚童。还有一个衙役受了重伤。但我相信，不久就将真相大白。只差最后一环了，我希望今天能有所发现。"

她一直陪他走到花园门口。

待狄公回到二堂，见马荣和洪参军已等在那里。他们向狄公道罢早安，马荣开口说道：

"大人，我刚从云隐寺回来，小方恢复得不错。师太认为再有十来天他就能康复。她提出让小方留在庙里养伤，等到完全康复再离开。"

"这真是个好消息！"狄公说着，遂在书案后的椅子上坐下。"是的，小方暂时留在云隐寺更为妥当。好了，昨天晚上我又把案子复盘了一遍，我决定今天先去荒寺再勘查一遍，然后再找丐王和他的女儿谈一谈。"

马荣在椅子上扭来扭去。他清了清嗓子，说道："大人，和您说实话吧，我发现春云有时候会做望风人，给他父亲手下的那些三只手乞丐打掩护。"

"看到她画出的紫云寺图我就想到了。"狄公淡淡地说道。他拉开抽屉，将图纸拿到桌面上展开，又说："说实话，这对我了解寺里的布局非常有用。"

马荣站起来，俯身看向图纸。他言语急切地说："我可以在图上向你演示昨天晚上我是怎么费尽力气抓凶手的。你们看，我进入后院的豁口在这里……我从这扇门溜了进去，然后……"

他一步步地讲述着黑暗大殿里和凶手搏斗的情景。狄公心不在焉地听着。他手捋长须，眼睛直勾勾地看着地图。

"后来，我的脚就被该死的绳梯绊住了！"马荣在一旁喋喋不休，"绳梯在这个位置，就在这里。于是……"

狄公忽然握拳砸在书案上，以至于茶杯都被震了起来。

"苍天有眼！"他叫道，"原来是这么回事！为什么我就没有想到呢？上次去紫云寺时，我还对寺内的布局说得头头是道，可却没能注意到其间的相似之处！"

"什么……"洪参军问道。

狄公将椅子向后推了推，站起身来。

"等等！我得把思路顺一顺。多亏了春云姑娘的一双巧手。二位，我找到缺失的环节了。我们来看看这个环节必须安在什么位置……是的，到最后，所有杂乱无章的线索终于拼凑出了具体明确的图形。可是……"

他不耐烦地摇了摇头，双手背在身后，开始在屋内踱来踱去。

马荣心满意足地微笑着。早上去云隐寺时，他找个机会和春云单独说了一小会儿话。他感觉她似乎并不反对成为他的相好。显然她给狄公提供了一个重要的线索，也许能让她之前对狄公的小小冒犯被忽略。洪参军脸上也露出了愉悦的神色。他知道，案件有了转机。

走廊上传来又快又重的脚步声。

班头急匆匆走了进来。

"大人，北寮的里正有急报！"他喘着气说道，"那里出大乱子了。突厥人正向神婆扔石头要砸死她。里正的手下去制止时，却遭到那些暴民的驱赶，他们扔砖头、丢木棍……"

马荣探询地看了狄公一眼，见狄公点头，遂一跃而起，抽走班头插在腰带间的藤鞭，跑了出去。

马厩外的马场上，两名马夫正在给一匹马刷毛。马荣跳上没有安置马鞍的马背，骑马穿门而过。

他在大街上纵马狂奔。听到马蹄嘚嘚的声音，看到有人骑马逼近，路上的行人纷纷避让。北寮的街道上空空荡荡的，有一种不祥的气氛。飞驰过前方低矮的屋脊，马荣看到盘旋而上的烟尘，耳中听到了模糊的叫喊声。

一群人堵在塔拉所住的街道上，也挡住了他的路。几十个突厥人挤挤挨挨，嘴里叫骂不停。三个天竺人向屋顶抛掷熊熊燃烧的火把，街对面房门口的邋遢女人们欢呼雀跃。马荣挥鞭朝离他最近的突厥男子满是汗水的裸背甩去，骑马从他们中间闯出一条路来。人群愤怒地叫嚷着，待回头一看，认出是衙差老爷，这才全都退到一旁不吭声了。

马荣跳下马，奔向躲在门边土墙根下的女人。塔拉的长袍已被撕成条，上面浸满了血。她捂着脸，两条雪白胳膊上全是丑陋难看的伤口，身边落了一圈棍子石头。马荣屈膝蹲在她身边。这时，一块砖头飞过他的头顶，嘭的一声砸到了土墙上。他回过身，见一突厥人半裸着身子蹲身捡拾砖头，便疾如闪电般飞身扑去。他伸出左手抓住那个男人的长发，拿粗重的鞭子手柄狠狠敲打他的后颈。接着，他将那个瘫软下来的身体扔下，对着人群大喊：

"提水灭火！你们想把房子都烧光吗？"

塔拉已将捂脸的手移开，脸上一道伤口穿过眉骨，左侧的脸颊被砸得血肉模糊。

"我抱你上马，带你去……"马荣对她说道。

她用剩下那只鲜血淋漓的眼睛看向他。

"把我的尸体……烧掉。"她低声说道。

突然，伴随着人群惊恐的尖叫声，一阵哗啦啦的声音传来。

塔拉家的房顶塌了。怒目金刚的巨大脑袋露了出来。金刚赤红的面庞在周围蹿升的火苗中显得愈发狰狞恐怖。

马荣将塔拉打横抱起，避开从房上掉落的木块。他看到她流着血的嘴唇在翕动。

"把我的骨灰撒掉……"她说，声音小得几不可闻。她的身体在抽动，不久便在他怀中软了下来。

他将这个死去的女人放上马背。之前被他打倒的突厥人也被其朋友们带走了。其他人惊恐莫名，卑躬屈膝地跪在塔拉家的房子前。神像正在燃烧的脑袋狞笑着看向众人。

"起来去灭火，你们这些蠢汉！"马荣冲他们吼道。

他跃身上马，带着死去的女人一起回了衙门。

狄公收到消息后倒颇为镇定。他冷着脸看了看洪参军和马荣，说："塔拉是个神婆，从她踏入这一行起，就注定了有这份报应。听我命令，官府对番邦异族之间的宗教争端不要予以干涉。至于她的尸体，我们应当按照她的遗言立即火化。"

这时，县衙正堂门前大锣响起。狄公想到佛寺里为逝者做法事结束时也要敲响大锣。那锣声正是催促亡灵速去转世投胎的锣声。

"要升堂了。"他说，"马荣，你最好先去歇息一下。下午我们要去紫云寺勘查。洪参军，你与我一同去堂审。我担心又要花很长时间。高罗两家的案子已进入了复审阶段，罗家想呈上新的证据。退堂之前，我将宣布释放阿刘。洪亮，去把我的官袍取来。"

发出火化塔拉尸体等一系列命令后，马荣直接回到了差房。他脱下身上的衣服，蹲到角落里，让两个守门的皂隶提桶往他的身上浇凉水。冲完澡后，他回到自己住的小阁楼上，赤裸着身体，往木板床上一躺。前一天晚上在荒寺里过了劳心劳力的一夜，回来睡了没几个时辰，今天早上天还没亮就又去了云隐寺，此时他累极了。然而一闭上眼，他的脑海中便闪现出塔拉被毁的面容，随后又闪现出她赤身裸体站在一堆骷髅上，站在他面前……他低声诅咒着，辗转反复，最后终于睡着了。一个梦也没有做。

一觉醒来，他觉得脑袋炸裂似的痛，往窗外一看，天已过了午时。他迅速穿戴整齐下楼到了衙役班房。他正端着一大碗冷面吃的时候，一名衙役过来禀报，说主簿已经从同康回来了，刚刚进了县衙，正往二堂而去。

马荣放下饭碗，急匆匆赶往二堂。

狄公坐在书案后，洪参军立在他身侧，老主簿坐在他们对面的椅子上。看到桌上整整齐齐排列了许多纸条大小的札记，上面还有熟悉的狄公草书，马荣吃了一惊。排列在札记最上面的是用来装订文牍档案的硬卡纸。他正要为自己晚到致歉，狄公抬手招呼道："你来得正好，马荣，正赶上听主簿的同康之行。"他转身对老主簿说道："你接着说。"

"大人，卫府的将领很是热心，让在下跟着他们的队伍走，所以从同康回来的路上很轻松，而且脚程也很快！最后一段路在下是跟着贩茶的商队回来的。我们整晚都在山里赶路。下暴雨的时候，很幸运，我们在靠近兰坊的山上找到了砍柴人的小木屋避雨。后来——"

"一路风尘，你辛苦了。"狄公插口道，"先把你在同康了解到的情况简要说一下。稍晚你歇息好后再写一份详细的报告呈交。"

"多谢大人。在下从头开始说吧。同康县衙的六曹主事接待的在下。他们在驿馆中给在下安排的住所也很舒适。"

"本县会致函同康县令，感谢他的盛情帮助。关于户部郎中在同康逗留期间的情况，你了解到了什么？"

"大人，同康的六曹主事们将我引荐给了受命照顾郎中起居的书吏。书吏跟我说，他的活计非常轻松。当时因为长途跋涉的缘故，户部郎中到达同康时已是疲惫不堪，并拒绝了县令的宴请。书吏送晚饭到郎中房中的时候，郎中请他找一个皮匠，说他的皮箱裂开了。皮匠走了之后，户部郎中便睡了。他没有再接见其他的访客。第二天一早，他就离开了同康。"

洪参军递了杯茶给主簿，主簿欠身道谢。他呷了口茶，又道："同康县的班头替在下找到了那个皮匠。那皮匠姓刘，上了点年纪，说话啰里啰唆。他一开始是个金匠，但后来眼神不好了，就转行做了硝皮子的匠人。他对拜见户部郎中的经过记得很清楚。因为在那之后，过了没几天，他就听说户部郎中的黄金被窃，而且……"

"是的，是的，当然。他们见面时都发生了什么事？"

"是这么一回事，大人。郎中命皮匠进了卧房，把有裂缝的皮箱指给他看。刘皮匠检查后跟郎中说，皮箱很结实，不用担心会崩开。郎中明显松了口气，给了刘皮匠不少赏钱。刘皮匠见郎中言语亲切，就奉承郎中说他戴的金饰做工精致，还说自己以前是个不错的金匠。郎中听他这么一讲，就说还有活让他干。他从袖子里掏出一把非常复杂的钥匙，打开了有裂缝的箱子上的锁。郎中背对着刘皮匠，挡住了他的视线。但刘皮匠从桌上的衣帽镜中看到箱子里装了满满一箱的金锭。郎中合上箱子转过身，手里拿着一个金锭。他对刘皮匠说，手里那个金锭太长了，之前他不得不把金锭硬塞在衣箱的最上面。他还说，可能正是因为硬塞进去的缘故，才会导致箱子有了裂痕。他问刘皮匠，看能否将金锭切成两半，且不要切下任何的金屑。刘皮匠的工具包里正好有一把切金锭用的锯子。他切开金锭后就直接离开了，大人。"

狄公瞥一眼自己的两个属下，眼中别有深意。他问主簿道："刘皮匠将他的发现都告诉过谁？"

"哦，大人高见！几十个人都不止！那一晚金银行会恰好在一起议事，很多金银匠人都去了。刘皮匠在会上说了这事情。普通人很少听说押运大宗黄金的事情，他们乐此不疲地猜测户部郎中为什么会携带这么多的黄金前往边境，还凭空编造了很多的故事。"

"你的差事办得很好！先回去歇息歇息，待歇好之后，你最好翻阅一下昨天和今天的堂审记录。高罗两家的案子又出了变故。"

"大人，我的确想看一看堂审记录！"老先生迫不及待地说，"是的，在下怀疑两家都在暗中要把戏，特别是高家！三表弟续弦之事中有模糊不清之处。另外——"

"两份记录都在这里。"狄公急忙打断他道，"明天本县将继续审理此案。"

老主簿郑重地将两份卷宗夹在胳膊下离开了。

"郎中犯了一个根本性的错误。"洪参军道，"他从箱子里取出金锭的时候，应该让刘皮匠离开屋子回避。"

"理当如此。"马荣插嘴言道，"但这些消息并不能让事情有什么进展。行会中的哪个人将消息带到了兰坊，我们无从知晓。可能是他的某个朋友，也有可能是……"

"这无关紧要，马荣。"狄公打断了他的话，"关键点在于，我们现在知道了黄金的秘密是如何泄露出来的，确定了秘密在郎中到达兰坊前就已经为人所知，确定了金匠银匠圈子里的人也知道了这件事情。我需要确定的是这些。"

"大人，我们现在还去紫云寺吗？"马荣问道，"山上有六个衙役，一想到黄金还在某个地方藏着，我就坐不住！"

"不，马荣，我们现在还去不了紫云寺。主簿来之前，我正在和参军说我对案件的推理。这个推理需要对所有已知证据再进行仔细地揣摩，特别是对时间要仔细梳理一遍。马荣，时间在推理中至关重要。你看到我面前这些札记了吧？我将札记中得出的结论都总结在了最上面的七张纸板上。每张纸板上我都写了一个人名，还写了相关的重要事件。然后这些札记就用不上了。"

狄公拉开抽屉，用袖筒将札记都扫了进去。

"现在，我们一起来研究一下这七张纸片。主簿来的时候，我将纸片翻了过去。那位老先生的眼神犀利得很！你们可以看到，每张卡片上都有一个嫌疑人的名字。"

十九

　　狄公端坐在椅上，双臂一抱，继续说道："在解释为什么怀疑这七个人是单独作案还是合谋作案之前，我必须告诉二位，案子只有一个。前天，天啊，时间仿佛已过了好几年！我以为我们有三个完全扯不上关系的案子。其中两个可以追溯到一年前；一个是户部郎中黄金被盗案，一个是署名为玉儿的神秘遗书案；第三个案子发生于前天晚上，即沈三在紫云寺被杀案。后续的事态发展证明，黄金被盗案和紫云寺杀人案有关，而今天早上看到由师太侍女画出的紫云寺平面图让我更加确定，玉儿姑娘的失踪必定与紫云寺中发生的案件有关。两位，我们只有一个案子，但这个案件又牵出了更多案子！所有的案件都肇始于郎中黄金被窃一案。围绕着五十个被盗的金锭，一张爱恨痴癫、人心复杂的大网就这么织成了。再给我沏杯茶来，洪亮！"

狄公三两口喝光杯中的茶水，在抽屉里搜寻一番，拿出了一张纸。

"不久之前，我将案件中与重要线索相关的日期记录了下来。我抄录了一些在纸上。你们看看！"

洪参军和马荣把椅子拖到书案旁边，去看狄公写在纸上的内容。

十五年前（岁在辛卯）

官府查封紫云寺

云隐寺落成，由放弃新教的方丈和师太执掌

去年（岁在己巳）

五月十五，吴刺史与吴夫人成婚

八月初二，户部郎中黄金被盗

八月二十，节妇常氏出任云隐寺师太

九月初六，明敖失踪

九月初十，玉儿姑娘失踪

九月十二，玉儿遗书的落款日期

马荣看完后抬起头："大人，这个明敖是何许人？"

"你可还记得，前天洪参军和你说起他查阅了失踪人口的卷

狄公借卡片细推案情（高罗佩 绘）

宗？这个叫明敖的是个铁匠，他的兄长报案说，明敖自九月初六晚上出门后就再也没回去过。现在，李劻告诉我们，吴夫人一年前和一个铁匠姘居，但铁匠离家出走了。今天下午，我让洪参军悄悄问过明敖的兄长。洪参军从他口中得知，如今的吴夫人确实跟明敖住过一段时间。明敖是个开锁高手，也是个手艺精湛、小有名气的铁匠，但他是个窃贼——和李劻跟我们描述的吴夫人的姘夫正好吻合。总之，这些日期和人名非常重要，你们要牢记在心！"

他俯身向前，翻开第一张卡片。

"这张卡片上写的是致仕刺史吴崇仁的名字。吴刺史为官多年，是个端方秉正之人。但暮年时，家财耗尽却又娶了吴夫人这个恶女人，之后他的性情就变了。你们看，这第二张卡片上便是吴夫人的名字。我将她的卡片和她夫君的放在一起。你们要明白，这对夫妇有着绝佳的地位优势，可以获悉从同康传来的有关黄金的消息。吴刺史经常去李劻的金银铺，而吴夫人的姘夫又是个铁匠。得到来自同康的消息后，他们意识到机会来了，以后便可衣食无忧。吴夫人与她的姘夫勾结，明敖用铅块替换了黄金。调包的做法可能是吴刺史提出来的。明敖拒绝透露藏匿黄金的地点。他或是对自己的情妇另嫁他人心生怨念，又或是想将金锭独吞据为己有，对于他的动机，我们只能靠猜测了。不过，有件事是确定的：吴刺史夫妇并没有对明敖的拒不合作置之不理。他们逼迫他说出秘密，也许还对他下了狠手。四天之后，他死了。他的尸体被藏了起来。最近，这对夫妇开始在荒寺挖地三尺地翻找。他们找了几个月，仍是一无所获。接着，第二件纠纷又来了。杨牟德从吴夫人口中套出了黄金的秘密——种种迹象强烈表明，他们两人勾搭在了一起——或许他是在跟踪吴夫人的过程中得知的秘密。于是，杨生雇了沈三去勒索吴刺史夫妇，而吴刺史夫妇则将杨生和沈三引到荒寺，并在寺里结果了他们的性命。"

"如果这个推论正确，"马荣叹道，"那么吴夫人就是那个该死的女鬼了！可是玉儿姑娘又当如何解释？"

"我想，玉儿发现了她父亲和继母杀害明敫的秘密。于是夫妇两个便决定将玉儿也干掉。她的继母厌恶她，而她的父亲因为她的死而心生愧疚，愧疚之情长期折磨着他。昨天，吴刺史夫妇的所作所为完全支持了这个推断。我的话吓坏了这对夫妇，他们急于想知道，我有没有发现他们害死女儿的线索，我是不是要传唤他们，审问他们？他们认为，与其被动防守，不如主动出击。吴刺史来拜访我，而吴夫人则是去拜访了三夫人，孤注一掷地试探我有什么发现，试图把水给搅浑。"

"然而，我的论证里有一个漏洞，这个漏洞也比较关键。那就是吴刺史完全有可能对你下手，有可能将紫云寺后院的残垣推倒砸你。但是，这么一个年老体衰的文人如何能勒死杨生、刺死沈三，又如何拖动沈三的尸体以及如何在黑黢黢的寺庙大殿里从你手下逃脱，这些是我没想通的。你有什么看法呢，参军？"

见洪亮摇头不语，狄公继续说道："我翻开的这第三张卡片上写的名字是金银铺掌柜李劢。他当然最有可能先听到从同康传来的消息。我们都知道，吴夫人在与吴刺史成婚之前并没有像比丘尼般过得清心寡欲。她也可能与李励有奸情，明敖对此也许知情，也许不知情。而当吴夫人对李励情根深种时，李励促成了她和吴刺史的婚事；没有什么比将情妇嫁给你最好的朋友更划算的事了！吴老先生想把他的女儿嫁给李励。这就更好了！李励可以一边娇妻在怀，一边与自己的岳母暗通款曲。李励和吴夫人谋划出了明敖盗取黄金的方案。然后我之前提到的两个拦路虎出现了。明敖拒绝透露黄金藏匿在何处，他们杀了他。玉儿发现他们杀了明敖，又或者是她发现继母与人有奸情，她也因之丢了性命。吴夫人厌恶玉儿，而李励爱黄金更甚于娇妻在怀。至于紫云寺的两桩凶杀案，李励是个又高又壮的男子，热衷游猎。在漆黑的大殿里和马荣正好棋逢对手！你有没有什么不同的看法，参军？"

洪参军适才便表现出强烈的怀疑，这时便说道："这个推论如何解释李励抹黑吴夫人的动机呢，老爷？他半路折返求见，揭发了吴夫人的可疑出身。"

"这可能是个狡猾的障眼法，促使我们做出错误的判断。李励很清楚，我们还没有找到一丝一毫证明吴夫人有罪的证据。而吴夫人说给三夫人的话也全是他教的。好了，我们现在有两男一女三个嫌犯了。第四张卡片上又是一个女人，我这就把卡片翻开并放到李励的旁边。"

洪参军探身去看。看到人名时，他惊讶地张开嘴，惊呼道："师太！"

"是的，师太。要知道，她的丈夫是金店的东家，李励是她丈夫的同业，她也许认识李劢。她和李劢有没有可能暗中有往来呢？从官府卷宗里看，她的丈夫逝于己巳年正月，死因是心疾骤发。是不是因为他发现了他们两人之间的奸情后而被两人合力谋害了呢？我认为，常某的死因需要调查。不管怎么说，值得注意的是，黄金被盗和她做云隐寺师太这两件事情发生在同一个月——若是对荒置已久的紫云寺感兴趣，并且想不受干扰地在寺中搜找金锭，这个师太的位置实在是太合适不过了！最后，她事先便知道马荣会去紫云寺勘查。我在寿宴上亲口对她说过这话。而她离席的时间又非常早，最后一道菜上桌后她便请辞离开了，说是她的头疼病犯了。"

"所以她轻而易举且及时赶到了紫云寺，将我引到枯井。"马荣悻悻地说，"昨天晚上，她引我到快要塌掉的围墙下，想设圈套干掉我。当我在大殿里和李劢交手的时候，她则有充足的时间返回云隐寺。但是，玉儿之死又怎么说呢，大人？"

"和我之前推测的情况差不多。想必玉儿看到了他们杀害明敫。"

"师太也许很享受杀死玉儿的过程。"马荣赶忙说道，"她的侍女春云告诉我，这个残忍的虎姑婆特别喜欢用藤条抽她！但玉儿的确切死因会是什么呢，大人？"

"据塔拉说，"狄公不紧不慢地说，"玉儿姑娘摔断了脖子。死亡日期是九月初十，即她失踪当天。而根据黑檀木匣中的遗言，她死于九月十二或者更后的时间。"

"她的求救信，"洪参军说，"说明她被人从九月初十关到了九月十二，什么吃的喝的都没有！"

狄公翻开第五张卡片。

"这张卡片上我写了画师李劾的名字。你们看，我把他的卡片放在吴夫人和师太中间。放好了。李劾与他的兄长李劢一样，都有机会得到有关黄金的消息，因为那个时候他还住在李劢的家中。因此，他也可能见过明敖和后来成了吴夫人的那个女人。"

狄公将写有李劾名字的卡片挪向吴夫人的旁边，看着两张卡片，他脸上露出满意的微笑。"我必须承认，我很喜欢这个组合！确实非常喜欢。这个风情万种的女人嫁给一个老叟，而这个风流成性的画师又痴迷于男女之情。两人又都是三四十岁的年纪。这两人一旦堕入情网，那就犹如老房子着了火，可比年轻时烧得厉害！"

"李劢也知道我要去紫云寺查案。"马荣嘟哝着说，"我在去往东门的路上碰见他，还向他提起要去哪里。而黑檀木匣又曾经在李劢手中流转！此外，他还是个登山高手，是个难对付的家伙！难怪在大殿里时，和他争斗他总能不落下风，每次当我快抓住他的时候他总能脱身！"

狄公点头表示赞同。他将李劢的卡片向写有师太名字的卡片挪近。"这对组合，"他说，"明显就没那么引人注目了。但是我提醒各位注意，李劢画的那些可怖的佛教形象极其传神。他一定对曾经摆放在荒寺中的原型做过仔细的研究，他有可能在寺中见过师太。师太在皈依之前就是个虔诚的佛教徒，自然去过紫云寺。好了，轮到第六张卡片了。你们也看见了，我把杨牟德的名字写在了上面。"

"可杨牟德已经死了呀！"洪参军叫了起来。

"借用塔拉所讲的话，洪亮，我们不能忽视死者。我把杨牟德的卡片放在李劼的上面，然后我再把吴夫人的卡片放到他的旁边，瞧！我们现在有了一对比吴夫人和李劼更为可信的嫌犯搭配！一个欲望得不到满足的风流女人和一个年纪小得多、更有活力的书生住在一个屋檐下！她或许把黄金的秘密告诉了杨生，让他做些体力活，找出藏匿黄金的地方。我们都看过杨生的尸体，他是个身强力壮的人，可以轻松对付明敖和玉儿。"

"但是，后来杨牟德本人也被杀害了，和沈三一起！"洪参军持不同意见。

"千真万确！所以我才把杨牟德的卡片放在李劼的上面。因为黄金被窃数月后，情势起了变化。吴夫人爱上了李劼。她对杨牟德说，他们的关系结束了，他可以不用管黄金的事了。杨牟德无法接受。他找到李劼，对他说他一点也不在乎吴夫人，但他要一半的金锭。为了防备这对奸夫淫妇杨牟德留一手，他威胁要把一切都告诉给吴老先生，迫使李劼雇了他。然而，杨牟德很快便意识到，李劼这个人不可小觑，便决定自己一个人找金锭，这样所有的黄金就归他一人所有了。于是，他雇用了沈三这个地道的流氓打手帮他搜查紫云寺。在寺中，他们被李劼和吴夫人合力杀害了。"

狄公收起六张卡片，半卧在椅内。他洗牌一样洗着卡片，说道："当然还可能有其他的同谋，但在我看来，我们现在已经梳理出了需要顾及的主要嫌犯同谋。"

"大人，您的书案上还有一张卡片。"参军说道。

狄公端正坐好。"啊，是的，第七张卡片！"他将纸片翻过来，上面一片空白。

他手持卡片，缓缓地说道：

"我曾经试着在上面写个名字，可是提起笔来却又拿不定主意。这个人也可能是那个紫云寺的女鬼。但随后我又把名字涂抹掉了。这张卡片代表死亡。"

他把经过涂抹的卡片插进其他六张卡片中。重新洗牌后将一摞纸片扔进打开的抽屉。他抱着胳膊说道："以常理来说，经过最初艰苦费时的调查后，我们到了有一定收获的阶段。接下来，我们应该对所有嫌疑对象的往事寻根究底一番。通过问询家中仆役、商铺掌柜等等手段，查出他们在案发时刻身在何处，都与谁在一起，即使乔泰和陶干都在，一起参与调查，也要花上十天半个月，甚至是数月的时间。幸好，我们还有捷径可走。"他拿出春云画的平面图，用指尖点了点，说道，"多亏有了这份准确精细的图纸。今天晚上，我们可以做一次意义重大的测验。"

"半刻时前，我让书吏送了两封信出去。一封给吴大人夫妇，另一封给他们的朋友，金银铺的掌柜李劢。我请他们一个时辰后在紫云寺相见，我要在荒寺中告诉他们我对玉儿姑娘失踪案的调查结果。"

"那么李劢和师太呢，大人？"马荣问。

"我会亲自到云隐寺见师太。我还想去看看小方，看看他的伤势如何。总之，得去云隐寺一趟。至于李劻，马荣，你现在就去他家，然后带他到紫云寺，告诉他我要给他看一些别人没见过的东西，并想征求他的意见。你带他从后山的山路进入紫云寺，我不想让他看到我还有其他的客人。让他在紫云寺后山等着，需要他出场时我会告诉你，然后你就带他从后面的小门到大殿。"见马荣起身要走，狄公又飞快地补了一句："密切注意他的动向，马荣！他是杀人嫌犯！"

"我会盯牢他！"马荣郑重其事地说罢，便走出了二堂。狄公站起身，道："来吧，洪亮，我必须赶在客人到达之前去了紫云寺。在试探嫌疑人之前，我想先验证一下方才的推论。"

二十

　　东门的守卫诧异地看着官轿大队人马通过。先过来的是两个骑马的衙役，他们两人手上各拎一面小锣，一面敲一面高喊："回避！大人出巡，闲人回避！"紧跟其后的是两个手挑油纸灯笼的衙役，只见灯笼上写着"兰坊县衙"的红色大字。之后便是十名轿夫抬着狄公的官轿。班头带着十二个骑马的衙差护卫在官轿旁。

　　官道两旁，路边摊上的劳工苦力、闲汉以及蹲在路边的乞丐纷纷起身跟了上来。班头冲众人叫嚷，不让他们跟着，但狄公撩起旁边的轿帘看了看，对班头说道："随他们去，他们若是想跟就跟吧。"

狄公和洪参军在山阶前下了轿。料到上山的石阶陡直难行，狄公今天没有穿官服，而是选了一件缀黑边的灰色薄棉布长袍，腰间扎着一拃宽的黑色垂腰丝绦，头上戴着一顶方形黑纱幞头。

　　行至紫云寺前院，衙役将挑灯笼的长杆插在寺门两边的地上。狄公吩咐他们原地待命，只带着洪参军、班头和捕头进去，捕头拿了两个灯笼、一副绳梯和一卷细绳。

　　他们在大殿中等了很久。等狄公再回到前院时，灯下的他更显脸色苍白。他草草嘱咐了班头几句，命他去迎接几位来客并通知来客在前院等候。接着，他命令衙役进大殿点上火把，清扫地面。吩咐已毕，他和洪参军沿着小路往云隐寺走去。

　　见开门的是师太本人，狄公感谢她对受伤衙役的照顾，并说想探望受伤的小方。师太领二人来到厢房。小方躺在竹榻上，春云则蹲在角落里的火炉旁熬药。狄公称赞年轻的衙役找到了人头，功劳不小，并让他好生歇息，早日康复。

　　"大人，我确实受到了悉心照料。"小方感激地说道，"师太为我包扎了伤口，春云每隔一个时辰就为我煮一碗退热的药汤。"洪参军注意到，年轻的衙役看向春云的目光深情款款，也看到了春云羞涩泛红的脸颊。

　　回到云隐寺前院，狄公对师太说道："本县今晚请了几个人到紫云寺，想着大家一起说说最近发生在那里的凶杀案。本县也想请师太过去。佛门净地也是作恶多端者的因果报应之地！"

　　师太未置一言，只低头颔首表示同意。她将兜帽拉起，跟着狄公和洪参军出了云隐寺。

吴刺史正在紫云寺山门前来回踱步。他双手背在身后，手掌有一下没一下地拍着。他身穿黑色圆领的墨绿色长袍，头戴一顶类似官帽的黑色高冠。他的夫人穿着深色长裙，头上围着黑纱羃䍠，正坐在一块大石头上。李劢李掌柜则站在她身旁不远处。

狄公郑重其事地将吴刺史和吴夫人引荐给师太，结果发现师太认识吴夫人，吴夫人曾数次前往云隐寺进香。众人站在紫云寺的前院，礼貌地互致问候。两只大灯笼柔和的光照在灰色围墙上，使得院内少了一些阴森。这个凉气宜人的夜晚，若是没有山门附近的衙役和守卫，这里似乎正在举行一场聚会。

"通知的匆忙，感激诸位拨冗前来。"狄公对众人说道，"本县想请诸位一同进正殿。到了殿内，本县要解释一下为何要诸位今夜来此。"

穿过前院，正殿殿门大开。正殿内灯火通明，墙上原先安放火把的孔槽现在都已点上了火把。狄公走到正殿后面的供桌旁，心想，当初四周墙壁挂满了佛像画卷、供桌上摆满鲜果祭品的时候，这座大殿定然是一派宝相庄严的气象。他站在供桌前，背对供桌，示意吴大人夫妇上前来。接着，他又请师太站到他们的右侧，请李劢李掌柜站到吴大人夫妇的左侧。同一时间，班头也已在供桌左边站定，捕头站在供桌右边，洪参军则和六名衙役站在几人身后，即两排柱子之间。

狄公眼睛扫过面前的四人，缓缓地捋着黑色长髯。然后，他一脸沉重地对吴刺史说道：

"本县不得不遗憾地告诉大人，令爱玉儿已经不在人世。她就是在这座大殿里丢的性命。"

说完，他往左侧快速一闪，经过班头身边时，大喊一声："搬开供桌！"

班头双手抓住供桌左侧，捕头抓住供桌右侧，狄公紧紧地盯着供桌前的四个人，观察四人的行止举动。吴大人夫妇面露疑惑地互相对视了一眼；李劢则扬眉望向狄公；师太仍笔直地站着，用一双茫然的大眼望向班头和捕头。两人将供桌往下斜放，放到一半时却又停住不动了。

令人尴尬的片刻停顿过后，狄公对班头说道："可以了！"

两人将供桌扶回原位。狄公又站回供桌前，对吴刺史说道："吴老大人，令爱对杨牟德情根深种，你不能怪她。她在最需要引导的年纪失去了母亲，而过多的学识使她耽于才子佳人的幻想而不能自拔。她很容易倾心于杨生这样的风月老手，吴老大人，记住这个姑娘吧。那夜，她向您坦白之后就跑出了家门，不是去了她姨母家，而是一路奔向了这座荒寺。因为她知道，杨生经常到这里来。她想告诉杨生，你不同意她嫁给他，想着和杨生商量以后怎么办。然而，杨生那一晚并不在寺内。她见到的是另一个人，那人是个杀人凶手，他当时正在收拾残局。"

"大约一年前，即己巳年八月初二，户部郎中的五十个金锭被盗便是此人一手策划的。他雇了一个叫明敖的手艺人，此人是技艺娴熟的铁匠兼锁匠。他让明敖潜入郎中下榻的驿馆，盗走了金锭。"

吴夫人发出一声压抑的呼喊，但很快用手捂住了嘴。她的夫

狄公邀众人来到紫云寺大殿勘案（高罗佩　绘）

君诧异地看了她一眼，遂要过去问她，但被狄公抬手拦下：

"吴老大人，您不必诧异。在你和吴夫人成婚之前，她的日子过得艰难。她很清楚明敖的事情。明敖的兄长向衙门报案，说他九月初六便不见了人影。这是黄金被盗后的第三十五天，令爱失踪的前四天，吴老先生。明敖的雇主命他说出黄金在荒寺的藏匿之处。明敖把那黄金藏得很好，因为他是个技艺精湛的锁匠，对墙壁上的隐秘暗格、经过伪装的藏物之处和所有这类的机关门道通透得很。他觉得雇主给他的那份太少了，他应该得到更多。于是，他拒绝说出黄金的藏匿之处。据本县推测，那雇主一开始答应了明敖的要求，为的是明敖能说出金子在哪儿。见明敖仍不吐口，那雇主就威胁恐吓，之后……"

"这些和老夫没什么关系，"吴刺史不耐烦地打断狄公的话，"老夫想知道，是谁害了玉儿，他又是如何害死她的。"

狄公听罢，视线转向了金银铺掌柜李劢。

"凶手是令弟，画师李勋。"

李劢圆乎乎的脸庞刷一下变白了。

"舍……舍弟？"他张口结舌地说，"我知道他不是什么好人……但是老天爷呀！杀人凶手……"

"令弟，"狄公接着说道，"几年来定是常来这寺庙研究佛像。机缘巧合，他肯定知道了供桌下有一个很深的地宫。如你所知，绝大多数大佛寺都有一个类似的秘密地宫。在时局不稳的时候，地宫常用来保存寺中的珍贵物品。同时，地宫也是用来囚禁人犯的地方。李勋定是用计让明敖落入了地宫。他告诉明敖，倘若他不说出黄金藏在哪里，就活活饿死他。此事发生于九月初六的晚上，也就是明敖失踪的那一天。四天后，也就是九月初十，李劼打开了地宫。他把明敖关的时间太长了，明敖此时已经死去。到死他也没有将秘密说出来。吴老大人，令爱发现了站在地宫入口的李劼，李劼顺势将令爱也推了进去。他们的尸体就都在地宫之内。请你们所有人都往后退！好了，可以了！"狄公走到班头一边，斩钉截铁地吩咐道："打开地宫！"

班头和捕头重又搬起供桌。很明显，他们这一次用了很大的力气，将供桌从墙边一寸一寸地往外挪。待挪了五寸左右，便见地上一块六尺见方的地砖突然翘了起来，以之前供桌在墙边的位置为轴心转动，一股腐烂的恶臭从黑咕隆咚的洞穴里飘了出来。

狄公打了个手势，班头点燃灯笼，然后用细绳拴着灯笼顺进地宫。狄公示意吴刺史走到地宫洞口边，两人一起低头往下看。

地宫的砖墙光滑，约有二十尺深。地宫辰卜是一堆无用的杂物，大大小小的木匣和木箱、几个陶罐，还有断成两截的烛台。靠狄公左边这侧有一具女尸，尸体背部向上，长发散开，如同头四周有一圈光晕。腐烂的褐色衣裙下看得出骨头的形状。地宫另一面靠墙的地方，有一具男尸。他脸向下，双臂摊开，在灯光的照射下，破碎的、粘满青苔的衣袖裂痕处看得见有金条的光芒。

"本县踩着绳梯下到地宫。"狄县令说道。他捂住口鼻，低沉含混的声音从围领后传出来："明敖尸体的正上方位置有一个建造得很巧妙的暗格。在地宫的最后一段悲惨时光里，明敖打开了暗格，被饥渴折磨得半疯半癫的他开始把藏在这里的金锭都掏了出来，塞到袖笼里。之后，金锭散落在地，他倒在金锭上咽了气。凶手推明敖入地宫前当然仔细检查过里面。这里显然就是黄金藏匿之处，但凶手没能找到墙上的暗格。而他打开地宫发现明敖死了的时候也没有看见金条。我们站在这里往下看，能看见金条是因为衣衫朽烂的缘故。凶手不知道黄金就在这里，于是在寺内开始徒劳地搜寻。"

吴刺史踉跄着脚步往后退去，脸色灰败。

"我苦命的女儿啊，杀了她的冷血恶徒在哪儿？"他泣不成声地问道。

狄公向班头点了点头，班头遂从狭窄的后门出了大殿。接着，狄公指向地宫的入口。

"如你所见，地宫门是用非常粗重的圆木做成的，上面还覆了一层泥灰，泥灰上又盖了一层石板。地宫门异常的重，一旦关上，哪怕有人重重踩上去，下面都不会有空荡荡的回音传上来。地宫门里面的那一面还有承重的横木。横木由两个楔子固定。假如供桌歪倒，并和墙面保持平行向前倒去，楔子就会松开。如此技艺，实在是巧夺天工。"

班头和一个高个子男人走了进来，马荣紧随其后。

那个男人一看到打开的地宫门和站在地宫门边的众人，赶忙抬起胳膊捂住了脸。然而为时已晚。

"杨生！"吴夫人喊出声，"你——"

那人转身要跑，但被马荣一把抓住。马荣将他双臂反剪压倒在地，班头拿镣铐过来锁住了他。

杨牟德高大的身躯委顿下来。他双目低垂地站在那里，脸上死寂苍白。

　　"我的兄弟李劼在哪里？"李劢吼道。

　　"令弟已死，李掌柜。"狄公缓声说道，"他犯下了两桩杀人命案。到头来自己也被他人所杀。"他向班头做了个手势，班头和捕头一起将供桌搬回原来的位置。地宫口的门又慢慢地合上了。狄公也回到之前站立的位置。

　　"李掌柜，你可以听一听事情的经过，本县按照所掌握的线索叙述。由于李劼已死，本县所说的话有一部分属于猜测。不过，杨牟德可以为本县做补充。好了，本县开始说了。李劼杀死明敖和玉儿姑娘后，开始在寺内搜索黄金的下落。他知道，晚上经常会有无处落脚的流民到紫云寺来，再加上搜索花园需要帮手，于是他找来杨牟德给他打下手。杨牟德，李劼是怎么对你说的？"

　　镣铐加身的杨牟德恍惚地抬起头。

　　"他说紫云寺里的和尚藏了宝贝。"杨某咕哝着说道，"我……我怀疑不止如此。我在李劼卧房的笔记中发现他在计算五十个金锭值多少钱。于是……"

　　"你觉得，与其等李劼给你分成，还不如你自己将金锭找到。"狄公打断他道，"你雇了沈三，你们合伙将李劼引到紫云寺，并杀死了他。沈三从背后下手把李劼勒死，杨生你执行了邪恶计划的第二步。等到沈三把李劼勒得断了气、弯腰放倒死者的时候，你抽出匕首刺入沈三后背。你为什么等了三十多天才动手杀死李勣？你又为何会连续两次要置本县的护卫于死地？你为什么不多等几天，等我们放弃搜查紫云寺？说，杨牟德！”

杨牟德嘴唇翕动，但却什么也没说出口。

“说实话！”狄公大喝。

“七八天前……趁着李勣出门，我又翻看了他的笔记。有段时间，他几乎天天都去旧书店……最后，他终于找到了一百多年前紫云寺方丈写的一匣书信。其中有一封涉及地宫墙壁上的暗格。李勣又带回来一副绳梯……我的动作必须要快，我无法假冒李勣太长时间，顶多几天就要露馅，我必须快点拿到金锭，然后远走高飞……”

“等明天到了公堂之上，你要把你犯下的罪行交代个一清二楚。”狄公打断他的话，“班头，将犯人带下去，派六个衙役押他到县牢。吴老大人，昨天你问我对令爱失踪的调查有什么新线索，这提点了我。我贴出了布告，现在我可以回答你的问题了。我的手上有一张署名是令爱的纸条，上面说她被关在了这里，恳求好心人来救她。纸条被放在一个古董黑檀木匣里。木匣表面镶着一块碧色玉片，玉片被雕成了一个古篆‘寿’字。有人在‘寿’的上边刻了一个‘入’字。在‘寿’字的下边又刻了个‘下’字。巧合的是，这个‘寿’字的字形与这座紫云寺的平面图非常近似。‘寿’字中间的长条形表示主殿，长条形旁边的曲线表示僧侣们所住的禅房。两个正方形表示两座佛塔。这个木匣正是因为‘寿’字与平面图的相似之处才被选中，是对遗书字条的补充说明。遗书上点出了时间，木匣则指明了地点。而木匣上的'下'字是刻在主殿的后墙的位置，则更为精准地指清了地点。很明显，这个'下'字指代的就是供桌之下的地宫。"

"小女一定是在地宫里找到的这个匣子。"吴刺史喃喃自语。"但她是怎么……"

狄公摇了摇头。

"吴老先生，木匣里的遗言虽然署名为令爱，但并非她亲笔。跌入如此之深的地宫，她摔断了脖子，当场就死了。木匣是个精心设计的圈套，但与此案无关。不过，这个圈套帮我重现了犯罪场景。因为我的注意力转向了这里的地宫。木匣据称是在紫云寺后山一个兔子洞旁捡到的。说是兔子洞，其实指的是地宫通风井的出口。为了防止僧侣们在地宫躲避时间过久窒息而死，地宫里共有四个通风井，地宫的大罐子里还有水和炒米。吴老大人，我不应当再留你在这里了。我会安排人妥善收敛好令爱的尸骨并移交给您早日安葬。她没能活下来，我深表惋惜。然而苍天已经惩罚了害死她的凶手。因令爱失踪让你产生的怀疑也可以打消了。"

吴刺史向狄公深施一礼，转身便往正殿大门而去。吴夫人也要跟去，但狄公赶忙过去，他低声对她说道：

"昨日你夫君到衙门来并非是告发你，吴夫人。他是想保护你。现在你可以重新开始你的生活了，只是不要再找这些无谓的乐子了，你也看到了，这些乐子会让你死得很不光彩。"

吴夫人点了点头，快步跟上自己的丈夫。

狄公走回供桌旁，见李劢站在那儿死死盯着地宫门。"李掌柜，节哀顺变！"

金银铺掌柜略施一礼。

"在下为尚未过门的妻子哀伤，县尊。在下曾希望她仍活在这个世上。在下也为舍弟深感悲痛，他的所作所为败坏了李氏一族的名声。"

"李掌柜，本官对你坚定的信念和矢志不渝的忠心深表敬佩。"狄公肃容言道，"一个家族中能有你这样顶天立地的好男儿，哪怕历经磨难，也能无惧风雨，顺利绵延。"

李劢再次躬身拜过，然后便穿过大殿，出了殿门。

先前，师太一直睁着大而无神的眼睛静观事态的发展。只见她缓缓摇了摇头，说道："紫云寺被邪门歪道的佛教仪式所亵渎，注定会成为恐怖活动的场所。没有佛祖显灵，牛鬼蛇神、恶徒幽魂便占据了这里。我要立即准备做一场净化法事。告辞了，县尊。"

"马荣，护送师太回云隐寺！"狄公命道。接着，他回身对班头说道："你派四个人去东门取竹梯、棺材、铁锹、铲子，再多找一些绳子来。我们先要把尸首挪出来，然后收好金锭，最后再将地宫清理干净。洪亮，我们先出去等着吧。这里的霉腐恶臭越来越让人忍受不住了！"

狄公坐在一块大石头上，身后就是写有"兰坊县衙"的大灯笼。洪参军坐在一截木桩上。这时，墙外传来一阵嘈杂声。从东门一直跟来的苦力、乞丐等一众百姓向押送犯人离开的衙役打听过后，正热烈地讨论着案件的惊人转折。

洪参军松了一口气。他一边坐在那里透气，一边想理顺方才这一桩接着一桩、快得让人反应不过来的事，但他还没办法整理出所有的线索。在他看来，狄公似乎有意留出了一些空白。不过最重要的是，狄公找回了郎中的黄金！他微笑着，心中暗自得意。这自然能让京城里那些宰相阁老们对狄公青眼有加，或许也意味着能擢升到一个更好的职位，而非这个偏僻的边远小县！

"大人，您打算怎么运送这批黄金？"他问。

"洪亮，我们先在这里用油纸包好金锭，然后用我的官轿带回衙门。到了县衙，我们必须在可靠的见证人监督下，立即查验金锭的数额和分量。"

说完，狄公便双手拢袖，不再言语。他抬起头，望着夜空下完美的佛塔。洪参军若有所思地捋着稀疏的山羊须。过了好一会儿，他开口道：

"老爷，您下午把杨生的卡片放在了李勋的上面，是否那时就已经怀疑杨生在假冒画师李勋了？"

狄公回头看了他一眼。

"是的，洪亮。我有所怀疑。令我印象深刻的是，尽管那位自成一派的画师能和我就绘画谈艺论道，相谈甚欢——任何一个文人雅士都可以——他竟然不能很快画出我所要求的画作来。他之托词完全是胡言乱语。能画出他画室里那些杰出画作的，完全有能力很快画幅边塞风光图出来。他对那个题材了然于心，再说还能得到丰厚的回报。此外，我从没听三夫人提起兰坊买不到好纸。再有，我和马荣突然造访他家时，我注意到，调色盘里的颜料已经干结，并覆了一层薄薄的灰尘。这说明画家差不多有一天没有用过颜料了。马荣告诉过我，那些酒馆掌柜常编瞎话。我得承认，尽管他说的话不无道理，但假李勣说杨牟德去喝酒的话让我更加坚定了自己的怀疑。最后，洪亮，便是过去三天来发生的这些奇怪的袭击事件。三个人被杀，还有两次谋杀马荣未遂！我已经清晰地感觉到，案件有了新的变化。一个从来没有出现过的人在追寻黄金的下落。出于迫不得已的原因，此人想尽快离开此地。这些都印证了李勣被人假冒的推论。虽然画师和杨牟德的生活习惯是出了名的与常人有异，但若是去问邻近的小店主或者小商贩，他的伪装有被撞破的风险。刚才，第一次尝试打开地宫门的情形正好验证了吴大人夫妇、李勣和师太都没有嫌疑。之后，我就知道杨牟德就是我们要找的人了。"

洪参军不住地点头。

"要是知道脚下二十尺深的地宫口即将打开，而他正站在地宫口，那人得有远远超出常人的自制力才能不往后跳。"

"正是如此。唉！世事无常，无论是杨牟德还是李勣，都没有打开过黑檀木匣，而我竟通过春云的紫云寺平面图发现了匣子的全部含义。更为离奇的是，杨牟德急于遮掩不能完成边塞风光图的原因，又想让我对他留下好的印象。他跟我说了他是如何得到的黑檀木匣——他竟然从来没有怀疑过，这么一个轻率的举动有着重若千钧的后果！真是一桩奇案啊，洪亮，实乃旷世奇案也！"

狄公摇了摇头，捋着颊边的长髯。

洪参军斜瞟了他一眼。犹豫片刻后，他清了清嗓子，问道：

"大人，你什么都解释了，但独独没讲紫云寺女鬼的事。"

狄公从冥想中回过神来。他盯着参军，慢慢吞吞地说："紫云寺的鬼魂再也不会到处游荡了，洪亮。将那个鬼魂与这座荒寺联系起来的奇怪纽带、秘密，或是其他的什么东西已经被割断了。联系已经永远断开了。哈，马荣来了！"看他一脸垂头丧气的样子，狄公心中一紧，"是小方的病情恶化了吗？"

"哦，没有，大人。刚才送师太回去时，我去看过他，他恢复得不错。"

狄公站起身来。"那就好。马荣，我们还有很多事情要做。我们先回正殿，打开地宫。衙役们很快就会带工具过来把两具尸体和金锭从地宫中取出来。"

狄公穿过院子，两位属下跟在身后。

马荣长叹一口气。"女人，"他语气凝重地对洪参军说道，"是最善变的。"

"本来就是如此。"洪参军心不在焉地说。

马荣伸出大手揽住他的肩。"参军，姑娘爱少年，从来如此。我算是吃一堑长一智了。可我这心里怎么就这么难受呢？"

洪参军突然想起受伤的年轻捕快看向春云的恋慕眼神，以及春云姑娘脸上突然升起的红晕。他了然地点了点头，遂快速跟上前去。

二十一

兰坊县里德高望重的名士有四位被紧急召到衙门。当着四位名士的面，金锭被仔细称重并估算好价值。接着，这五十个金锭被分成五份，分别用油纸打包密封，然后存入大堂后的库房内，六名士兵彻夜看守。第二天早上，马荣会带着一队全副武装的兵丁护送金锭去往州府。之后，刺史会将金锭妥善送到京城。

在写给刺史的公文上署名盖印后，狄公命洪参军将公文装进一个大大的公文袋中。紫云寺里有新的发现。待狄公处理完这些紧急公务，天已经到了深夜。狄公走到墙角的脸盆架前，用湿毛巾洗了洗脸，擦了擦脖子。

"案件已经查清。"他对洪参军说，"明天早上的堂审我也不指望杨牟德会说出什么新的供词。我想他只会承认，是他教唆沈三杀死李勣，后来又亲自动手杀死了沈三。害死二人后，他割下了他们的头颅，交换了他们的尸身，隐瞒了文身上紫云寺的提示和黄金的线索。他完全明白，他已穷途末路了，罪无可恕，难逃极刑。他被关进囚牢里时似乎异常镇定，已经听天由命了。"

狄公停了一下，从袖中掏出一把梳子，开始梳理两鬓和颔下的长须。他面色凝重地看了参军一眼，又接着说道："洪亮你也意识到了，还有一些细节没有廓清。尽管我不认为官府还有必要再采取什么措施，但我仍应把这些细节确认清楚。马荣还在紫云寺忙着监督地宫的清理。如果你不是很累，我希望你可以和我一起去城里见个人。"

"大人，属下非常乐意。"洪参军语气平静地说，"因为这次拜访不会令人愉快。"

狄公无可奈何地微微一笑。这个洪亮，总是能猜中自己的心思！

"多谢你了，洪亮。我们这就出发吧。我们从后门走，到街上雇个轿子。"

关帝庙前，轿夫们落下轿子。狄公掏钱给轿夫，洪参军则趁着狄公付钱的工夫向坐在关帝庙门前石阶上的两个路人打听，问他们去旧军营的私娼窠子怎么走。那两人一脸不屑地告诉了他。

他们一起往那处贫民窟走去。一个正在街上玩耍的童子带他们来到一条曲曲折折、弯弯绕绕的巷子里，角落里便是旧军营。

此时，七歪八扭的旧军营木房子里的窗户都开着。化着浓妆的女子一个个挥着艳俗的绸扇倚窗而立。她们一边扇着扇子，一边莺声燕语，向过往的行人嗲声嗲气地招揽生意。然而，街上的男人似乎并不在意她们。他们三五成群地站在那里，讨论那座荒庙里发生的事情。之前随狄公一行到了荒庙的苦力和叫花子奔回城里，散布了消息。

狄公认出马荣描述过的那扇拱形栅条窗以及远处低矮、黑咕隆咚的门洞。看到这些，狄公想起了坟墓的入口。

一前一后，他和洪参军走下了陡直的台阶。

听过街上嘈杂的声音，地窖里的寂静更让人觉得不同寻常。身着黑衣的男子蜷着身子坐在窗台上，双膝上横放着一根竹棍。他脑袋靠在竹棍上睡着了。地窖深处，丐王双臂抱头，烛火照着他硕大的头颅，他似乎也睡着了。

狄公正欲向前走到木桌旁，头顶上突然响起颤动不安的声音。一个尖细的嗓音叫道：

"长胡子！大和尚！长胡子！快醒来！"

长竹棍扫了过来，划过一道吓人的弧线。

"闭嘴！"狄公向那个没有头发的老头儿大喝一声。"本县乃是狄仁杰！"

窗户上的男人缩了回去，身体虚弱地贴着窗户上的格栅铁条，吓得要死。

丐王已经把脑袋从桌子上抬了起来。他伸手指了指桌子前面的矮凳。

"坐吧，狄县令。你一定累极了，我听说你忙了一个晚上。"

狄公在竹凳上坐下，洪参军站到他的身后。狄公没说话，只是看了看对面的大个子。他面庞宽阔，满脸皱纹，眼神古静无波，额头很高。接着，狄公的视线又落到了桌面密密麻麻的复杂图案上。他叹了口气，揉了揉发僵的膝盖，他一整晚都在走路。

"请问找我有何贵干？"丐王声音低沉地问道。

"你可以给我一些专业的建议，大和尚。"狄公语气平和地回道。"你这个'大和尚'的名字不是白来的，是吧？你曾经是一个真正的和尚。紫云寺的和尚。很久以前，密宗仪式在紫云寺盛行的时候，你就是和尚了。官府查封紫云寺后，你和一个师太建造了云隐寺。所以我认为你在寺庙建造方面是一个行家，大和尚。"

大个子缓缓点了点头。

"是的，狄县令。那些说你聪明绝顶的人没有说错。狄县令，你不需要什么建议，不需要任何建议，也不需要我的建议。"

"我需要。你明白的，关于一些小细节上的。紫云寺地宫里的通风井都是装了格栅的，为了防止老鼠钻进去，对吧？听清楚，我说的不是兔子。"

丐王一动不动地坐在那里。宽肩似乎塌得更厉害了。他望着狄公，抬了抬眉峰散乱的灰色长眉，轻声说道："所以，你知道了。是的，狄县令，你是个聪明人。我之前就说过了，我不介意再说一次！"

"大和尚，你忘了格栅是一回事，你还犯了另一个更严重的错误。你放在木匣子里的遗书行文错得离谱。一个又渴又饿快要死掉的姑娘怎么会在遗书上写下年份呢？我看出其中有蹊跷。之后，等我弄明白匣子上的玉片是暗示她被关在哪里，我就知道遗书是一个骗局。就算玉儿在地宫的垃圾堆里翻出了木匣，就算她找到火折子点亮了地宫里的蜡烛，也没有谁会相信一个缺吃少喝、濒临死亡的冲动少女会想出这么精巧的谜语。"狄公指了指镌刻在桌面上的图案，继续说道，"这种谜语，只能出自一个整日里无所事事、沉溺于奇思妙想的怪人。"

"狄县令，我为什么要伪造一个死了的姑娘的遗言呢？"

"为了勒索杀死这姑娘的凶手。大和尚，你手下的一个乞丐带着黑檀木匣去找李劼。你还让那个乞丐说，匣子是在紫云寺后山的一个兔子洞附近捡到的。对凶手来说，兔子洞的意思就是地宫的通风井，也是警告他送出匣子的人什么都知道，他的言行已经暴露。这会让凶手认为玉儿姑娘落入地宫后，非但没有死，而且还在临死前留下血书放进匣子里，然后把匣子从通风井扔了出去。大和尚，这向我指明了另一件重要的事实，也就是说，送出匣子的人知道凶手将玉儿推进地宫后关上了门，并没有验证玉儿是否丧命。大和尚，你告诉我，你是怎么知道这些的？"

对方并没有立刻回答，似乎恍了神。最后开口的时候，他的声音异常疲惫。

"塔拉已经死了，我也将不久于人世。我告诉狄县令又有何妨？九月初十那天晚上，塔拉就在紫云寺里。大殿中央那朵莲花地砖象征着生命之源，经过无数祭祀而拥有神力。她和那朵神圣的莲花有着不可分割的关联。每个月圆之夜，她都会去紫云寺点燃圣火。塔拉看到那个小姑娘进了正殿，便跟上了她。李勃当时正站在打开的地宫口。塔拉看见他将那个姑娘推进了地宫，并合上了地宫门。这一切都是塔拉告诉我的。她并没有问李勃为什么将那姑娘推进地宫。塔拉从来不提问题。"

"她昨天问了。"狄公说，"我的手下昨天去见她。她从我的护卫口中知道那姑娘的名字。她向她的神明询问那姑娘的下落，答案是玉儿初十就摔断脖子没命了。我今天晚上查看过尸体，这个答案果然不假。塔拉的神明还告诉她，她自己今天也会死去，而这也应验了。"

大和尚缓缓摇了摇头。

"狄县令，塔拉是个强壮的女人，比我、李勃和杨牟德还要强壮。借由打通生死界限的奇妙仪式，她成了神明的妃子。狄县令，你问我为何要伪造遗书。我将遗书送给李勃是为了吓唬他，吓得他把金锭给我。这样我就可以带着塔拉离开'他'。除了她的神明夫君，塔拉还属于我。"

"第二天我让心腹'斗鸡眼'，就是坐在那边窗子上的人去李勃家里，让他到我的地窖来。但李勃显然没明白我的意思，因为他没有来过。"

"大和尚，你不该在匣子表面裹上一层泥浆。杨牟德买下了匣子。但是，无论是他还是李勃，都没有再看过匣子一眼。李勃把匣子和其他杂物一起卖给了一个古董商人。而我又从这个古董商人手里买下了匣子。一开始……"

"够了！别再说那只该死的匣子了，狄县令。让我们说说李勃吧。塔拉抛弃了他，就像一个人嚼完甘蔗吐出甘蔗渣一样将他弃之一旁。她选了杨牟德。前天塔拉来看我，说你要抓她，但是又说没什么大不了的，杨牟德现在已经知道金锭在哪里了；他已经杀死了李勃及其帮手沈三。她会和杨牟德一起逃到塞外。可到了逃跑的时候，由于她的族人要推翻她，而她的神明也告诉她，她的死期要到了，会永远成为他的妃子。她这次没有相信她的神明。她对我说完这些的时候放声大笑。现在，她已经死了。笑到最后的是她的神明，狄县令，永远是神明。"他睁着一双大眼睛，茫然无神。突然，他飞快地瞥了狄公一眼："你是怎么处理她的尸体的？"

"我火化了她的尸体，将她的骨灰撒掉，这是她最后的愿望。"

对方伸出两只大手，手势绝望。

"那意味着我失去了她，永远失去了她。风会将她的骨灰从平原上吹散，到那时，她就会变成白度母，浑身白皙，一丝不挂，骑在一匹黑色的骏马上，身边是她的那尊红色的神明夫君，在天地间奔跑邀游。风刮过大漠荒沙时，他们会一同乘风而行。当突厥人听到她的长吟时，他们会在帐篷前伏身拜倒，念诵经文。狄县令，你不应该撒掉她的骨灰。"

"大唐律法规定，"狄公干咳一声，说道，"若无亲属认领，死者的骨灰会被撒掉。"

"狄县令，你不相信我刚才说的话，是吗？"

"我没有什么相信不相信的。你问的问题没什么意义，大和尚。说吧，紫云寺里的黄金是从哪儿来的？"

"我一无所知。塔拉倒是知道，但她从来不告诉我。肯定是去年有人藏在那儿的。我在紫云寺的时候还没有黄金。"

"明白了。李勣和塔拉是在紫云寺幽会的吗？"

大和尚很久都没有吱声，硕大的脑袋低垂着，手指在桌面的图案上毫无目的地来回抚摸着。终于，他开口说道："李勣是个博学之人，绘画大家。但他还想知道更多，想知道他不该知道的东西，一些聪明如狄县令您这样的人也最好不要知道的东西。所以我只能挑一些能说的告诉你。二十年前，我四十岁，塔拉二十，我们是紫云寺的大法师。五年之后，官府查封了紫云寺。我们假装背弃了原来的教义，暗地里却在云隐寺里继续传教。由于我们对所有的典籍都精通娴熟。人们对生命的起始和终结缺少更好的认识，但是我们知道，我们知道得太多了。然而，狄县令，我们不知道的是，人的生命是循世轮回的，从来如此。你以为你已经抵达生命的终点，即将步入最终的大千世界，结果你却突然发现，你又回到了曾经开始的地方。塔拉是最高级别的佛母，知道所有的秘密。她爱上了李勣，最终离我而去。"

突然，他哈哈大笑起来，笑声回响在空荡荡的地下室里。窗子上的男人开始躁动不安，上蹿下跳。大和尚敛声静气，郑重其事地说："你没有笑，狄县令，你做得对。因为更大的笑话还在后面呢。你觉得我是密宗双修功法的高僧，会对她的行为一笑置之，继续我的修行，是不是？不！狄县令，她从云隐寺搬去城里时，我苦苦哀求她不要离开。不要脸皮地苦苦哀求！"他以非凡的毅力，用强劲有力的胳膊支撑着站了起来，大叫道："现在笑吧，狄县令，笑话我啊，笑啊！"

狄公站起身，看到他焦灼、复杂的眼神。"大和尚，我不清楚塔拉对你的感情，但我清楚她仍然爱着她的女儿。昨天晚上，她引诱我的护卫到后山杨牟德埋伏的地方，准备推倒快要坍塌的墙体砸死他。千钧一发之际，她突然看到了跟在我的护卫身后的您的女儿，她报警似的挥舞手臂。这个疯狂的举动吓坏了我的护卫。他停了下来，也因此救了自己一命。"

和尚将头扭向一边。

"我曾经希望，"他低声说，"塔拉拿到黄金后可以像抛弃李勣一样抛弃杨牟德。我也希望，到时候可以助她摆脱她可怕的神明夫君。尽管我的生命火花已经熄灭，但我仍然熟悉命名仪式，仍然知道那些无法说出口的咒语。"他深深地叹了一口气，呼出胸中块垒。"是的。我曾希望她能摆脱神明的束缚，带上她和我们的女儿出塞回到族人们中间，到辽阔的草原上再次骑马狂奔，挥鞭纵马，在清冷的大漠上尽情驰骋！"

"我记得，"狄公徐徐言道，"我跟杨牟德说过一个故事。一匹马从马队中脱离，在草原上游荡，自由自在，无拘无束，但是终有一天它会感到孤独和疲倦。那时候它会发现，它已经孤立无援，迷失了方向——大风已经将车辙的印记吹散，马车已经消逝在视野之外。"

和尚似乎正神游天外，没有听到他的话。再次开口后，他的声音柔缓了许多。

"没有了神明的庇佑，塔拉就会像我一样变成一具行尸走肉。尽管神明让我们挥霍着神力，但是消耗的神力不会再回来。即便如此，两个一无所有、互相爱着对方的老人至少可以一起走向死亡。既然我已经失去了塔拉，我就不会独活。我不久就会随她而去。"他的声音很低，几乎听不见。他抬起头，声音嘶哑地轻道："……夜已深，狄县令，您该回去了，除非您觉得您要把我抓起来，或者要我写下认罪的供词。"

狄公站起身。他摇了摇头，说道："案子已经查清了，大和尚，不需要再做什么，也不需要再说什么。什么都不需要了。告辞。"

他走向台阶，洪参军也跟在后面。蹲在窗户上的小个子男人已经将破烂的黑色袍子盖在身上，缩着肩，低垂着光光的脑袋睡着了。

远处传来一只受惊公鸡的打鸣声。